Lucy Storm
Ein Keks zum Verlieben

AF237375

Lucy Storm
Ein Keks zum Verlieben

Roman

Impressum

Bibliografische Information der Deutschen Nationalbibliothek:
Die Deutsche Nationalbibliothek verzeichnet diese
Publikation in der Deutschen Nationalbibliografie;
detaillierte bibliografische Daten sind im Internet
über http://dnb.dnb.de abrufbar.

© 2020 Lucy Storm

Lektorat: Kornelia Schwaben-Beicht vom ABC-
Lektorat

Covergestaltung: Constanze von Coverboutique

Herstellung und Verlag: BoD – Books on Demand,
Norderstedt

ISBN: 978-3-7528-8070-0

Eins – Sarah

Hoch konzentriert saß ich am Küchentisch und versuchte mit aller Macht, mir den gesamten Stoff der Linguistikklausur in den Kopf zu hämmern. Allerdings ohne großen Erfolg. Wieso musste man als Germanistikstudentin Mengentheorie lernen oder irgendwelche Baumstrukturen aufzeichnen, die sowieso niemanden interessierten? Ernsthaft, bei keinem Vorstellungsgespräch würde ich das brauchen! Nie würde ich irgendwem dabei eine Tabelle zeichnen müssen, nur um anschließend mit einer Formel zu erklären, ob der gegebene Satz wahr oder falsch ist! Welcher Sprachwissenschaftler bevorzugte denn Mathematik, wenn es unkompliziert und mit Wörtern funktionierte?

Frustriert seufzte ich auf und vergrub mein Gesicht in den Händen. Wie sollte ich nächsten Freitag nur die Prüfung bestehen? Klar könnte ich sie schieben, aber das würde nur unnötig Zeit kosten, und die hatte ich nicht.

Vor zwei Wochen war ich fünfundzwanzig geworden. Nun war mir pünktlich zum 1. Dezember das Kindergeld gestrichen worden, und die Kranken- und Pflegeversicherung verlangte ab diesem Monat einen Beitrag von zirka einhundert Euro von mir. Also arbeitete ich seit einer Woche nebenbei, um mich über Wasser halten zu können.

Wenn alles gut ging, würde ich in einem Jahr den Bachelorabschluss in der Tasche haben. Würde ich allerdings durch diese Klausur fallen oder sie schieben, würde sich mein Abschluss um ein ganzes Semester verzögern. Und ehrlich gesagt, wollte ich mich nicht lange mit undankbaren Nebenjobs durchschlagen müssen, wenn ich stattdessen ein Volontariat bei einer Zeitung, einem Verlag oder beim Fernsehen machen könnte! Außerdem studierte ich schon seit drei Jahren und wollte irgendwann damit fertig werden.

»Da ist aber jemand gut gelaunt!« Die melodische Stimme meiner Mitbewohnerin durchdrang meine Grübeleien.

»Hm!«, war alles, was ich von mir gab, während ich mich weiter in Selbstmitleid suhlte.

»Wow, so schlimm?« Karin legte ihre Hand auf meine Schulter. Gequält schaute ich auf. Ihre grünbraunen Augen musterten mich. Jedoch nicht, wie ich erwartet hätte, voller Mitleid, sondern amüsiert.

»Das ist nicht lustig! Falle ich durch, habe ich ein Problem!«, maulte ich.

»Herrgott noch mal, Sarah, jetzt stell dich nicht so an! Es ist nur eine Klausur und keine Feuerprobe. Was meinst du, wie es aussehen wird, wenn du ins Berufsleben einsteigst? Dann musst du innerhalb kürzester Zeit ein fesselndes Thema finden und einen grandiosen Artikel schreiben, wenn du nicht kurz darauf arbeitslos sein willst. Dann wirst du wirklich gestresst sein.«

»Hey, das bin ich jetzt auch! Sogar mehr als während des Praktikums! Da musste ich keinen Schwachsinn auswendig lernen, den kein Schwein braucht.« Ich funkelte sie an, während ich am liebsten das ganze Papier vom Tisch gefeuert hätte.

Karin grinste. »Du hast recht, ein Schwein braucht das nicht, aber ein Mensch, der Germanistik studiert. Und ich wette, in der Schule hast du auch immer gesagt, dass die Schulzeit ja sooo stressig ist und alles andere danach leichter wird. Du hast einfach einen Hang zur Dramatik! Im Master wird es noch schwieriger … und vom Promovieren will ich gar nicht erst anfangen. Wenn es dir schon im Bachelor zu viel wird, solltest du auf den Master verzichten.«

»Ich hab keinen Hang zur Dramatik, ich sag nur die Wahrheit. Außerdem meckere ich nur bei Linguistik, nicht bei Mediävistik. Und Literatur liebe ich. Aber in der Sprachwissenschaft muss man so unendlich viel lernen … Und dann ist das auch noch kompliziert und abstrakt. Kein Wunder, dass die meisten acht Semester brauchen, weil sie dauernd durchfallen.«

Karin musterte mich mit ernstem Blick. »Dann fang früher an. Im Studium ist Zeitmanagement das Wichtigste. Ich denke aber, für heute solltest du aufhören. Du bist zu verzweifelt, da checkst du eh nichts mehr! Wenn du willst, kann ich dir morgen helfen.« In diesem Moment leuchteten ihre Augen liebevoll.

Dankbar sah ich meine Freundin an. Karin war zwei Jahre älter als ich und promoviert. Ihren Master in Germanistik hatte sie mit einem Schnitt von 1,3 bestanden. Karin strich sich die rotbraunen Haare, die in sanften Wellen über ihre Schultern fielen, aus dem Gesicht. Karin brachte einige Kilos zu viel auf die Waage, was sie persönlich aber nicht störte. Was mich besonders bei ihr beeindruckte, war, dass sie immer viel Selbstbewusstsein und Intelligenz ausstrahlte.

»Karin, das ist so lieb, danke schön! Vielleicht habe ich ja so doch noch eine Chance, zu bestehen!«, rief ich dankbar aus und fiel ihr um den Hals. »Wie kann ich mich revanchieren?«

»Bring mir nachher eine Tüte gebrannte Mandeln und zwei Liebesäpfel von Maya's mit. Dann bin ich happy!«

Erschrocken fiel mein Blick auf die Uhr.

Ach du Schande, meine Schicht! Ich hatte ja total vergessen, dass ich in einer halben Stunde auf dem Weihnachtsmarkt beim Stand von *Winterbachs Weinparadies* sein musste. Zugegeben, obwohl mein Chef ein arroganter und unfreundlicher Anzugträger war, gab es bei ihm tatsächlich den besten Glühwein auf dem gesamten Weihnachtsmarkt. Auch die Bezahlung und die Arbeitszeiten waren gut, nur leider hatte Markus Winterbach immer etwas zu meckern. Zum Glück musste ich das nur noch bis Ende Dezember aushalten, denn ab Januar hatte ich einen Job als Texterin bei einer Marketingagentur ergattern können.

Völlig lustlos stand ich auf, um mich für den Job fertig zu machen und meinen *wundervollen* Arbeitspullover überzuziehen.

Der Chef bestand darauf, dass jeder Mitarbeiter und jede Mitarbeiterin den grässlichen hellroten Pullover mit übertrieben großem Weihnachtsmann und dem Slogan *Bei Winterbach schweben Sie im Weinparadies* tragen musste, um Zugehörigkeit und Identifikation zu zeigen.

Abgesehen davon, dass mir das ungemein schwerfiel, kratzte dieses Ding zu allem Überfluss an allen Ecken und Enden, ließ mich mindestens zehn Kilo schwerer aussehen und war einfach nur unheimlich peinlich. Nur leider musste ich mich damit arrangieren, denn dafür konnte ich wenigstens die Versicherung und Lebensmittel bezahlen.

Und zum Glück waren mir bisher während meiner Schichten – außer Karin und Chiara – keine weiteren bekannten Gesichter begegnet, sodass mich niemand deshalb hätte verspotten können. Von daher würde ich es noch bis zum Jahresende überleben. Nur schade, dass ich solange die Samstagabende nicht mit meinen beiden Mädels verbringen konnte.

Kurze Zeit später verließ ich die Wohnung. Es war fast siebzehn Uhr und dunkel. Obwohl es kalt war, blieb ich einen kurzen Moment stehen und ließ den traumhaften Winteranblick auf mich wirken.

Die Lichter der Stadt leuchteten in allen möglichen Farben um die Wette. Da es seit Stunden schon schneite, ließ eine dicke Schneeschicht am Boden den Himmel heller aussehen und brachte mich von jetzt auf gleich in Weihnachtsstimmung. Schon zwei Straßen vom Weihnachtsmarkt entfernt, hörte ich Gelächter, Musik und fröhlich klingende Gespräche und der unverwechselbare Geruch von Glühwein, Lebkuchen, Schmalzkuchen und anderen Leckereien strömten mir entgegen. An vielen Fenstern leuchteten Weihnachtsmänner, Lichterketten, Schlitten und Weihnachtssterne mit dem Mond um die Wette, und der Wind blies die Schneeflocken in alle Richtungen. Kinder spielten mit Freunden oder Eltern im Schnee, lieferten sich Schneeballschlachten und bauten Schneemänner.

Bei diesem Anblick konnte ich mir ein Lächeln nicht verkneifen. Es war Jahre her, dass wir in Göttingen solch schöne Wintertage gehabt hatten, und das auch noch in der Vorweihnachtszeit. Das heutige Wetter erinnerte mich an meine Kindheit, als es normal gewesen war, wenn draußen Schnee lag und alle Kinder zum Spielen rauskamen.

Kaum am Stand angekommen – es hatte etwas länger gedauert, weil ich vorsichtig gehen musste, um nicht auszurutschen –, baute sich mein Chef so nah vor mir auf, dass ich trotz der Dunkelheit seinen leicht gebräunten Teint und die grauen Strähnen in seinen Haaren erkennen konnte. Er war etwas größer als ich und recht rundlich. Wie immer trug er als Einziger einen Anzug, darüber einen Mantel mit einem Namensschild in den gleichen Farben, mit dem Slogan und dem Weihnachtsmann wie auf unseren Pullovern.

»Es wird auch Zeit, dass du hier auftauchst, Mädchen. Ich bezahle dich nicht fürs Zuspätkommen!«, brummte er schlecht gelaunt. Dass er seine Leute alle duzte, störte mich zwar, war aber – wie mir eine Kollegin gesagt hatte – nicht zu ändern.

»Aber das waren doch nur fünf Minuten, und es ist so rutschig durch den Schnee«, versuchte ich, ihn zu beruhigen.

»Zeit ist Geld. Dann musst du halt früher losgehen! So einfach ist das. Heute lasse ich dir das durchgehen, doch beim nächsten Mal kannst du gleich umkehren. Du wirst nicht hinter der Theke stehen, sondern an die Tische gehen.« Er wandte sich einem anderen Mit-arbeiter zu.

Verdammt, konnte der Tag noch beschissener wer-den? Die Tische waren viel schlimmer als die Theke. Mehrere Kunden gaben gleichzeitig ihre Bestellungen auf und behandelten mich manchmal von oben herab. Und dann war es auch noch rutschig!

Genervt brachte ich meine Tasche hinter der Theke in Sicherheit, legte meine dicke Jacke ab, damit auch alle Kunden meinen tollen Weihnachtsmannpullover sehen konnten, holte mir einen Kugelschreiber und einen Block und begann mit der Arbeit.

Zwei – Sarah

Genervt nahm ich die Bestellung auf und schielte dabei unauffällig auf meine Armbanduhr.

Verdammt, erst zehn vor sechs, und ich hatte jetzt schon keine Lust mehr. Denn mir war ein besonders anstrengender Tisch mit vier feierwütigen Studenten zugewiesen worden, die im Gegensatz zu mir ihre Prüfungen schon hinter sich hatten und dies nun gebührend feiern wollten. An sich hatte ich nichts dagegen, allerdings war diese Clique unglaublich laut und penetrant. Und ihr Anführer hatte mich nun schon zum dritten Mal eingeladen, nach meiner Schicht die Party bei ihm ausklingen zu lassen.

Nein danke, eine Nacht mit einem selbstverliebten und betrunkenen Vollidioten brauchte ich nun wirklich nicht.

Um meinen Job nicht zu verlieren, lächelte ich höflich und lehnte erneut ab. Dann drehte ich mich um, ging zur Theke und gab die Bestellung an meine Kollegin weiter. Während sie die Getränke fertig machte, konnte ich etwas durchatmen, für einen Moment das Geschehen beobachten und über meine Weihnachtsdeko nachdenken.

Normalerweise dekorierte ich die Wohnung immer am 1. Dezember, um möglichst lange die Vorfreude auf Weihnachten auskosten zu können. Doch durch meinen Job und die Klausurvorbereitungen hatte ich es bisher nicht geschafft. Aber ich nahm mir vor, es auf jeden Fall morgen nach dem Lernen mit Karin zu erledigen, dann würde ich endlich Zeit dafür haben und sicherlich würde mir Chiara, unsere andere Mitbewohnerin, dabei behilflich sein.

Bevor ich mir weiter in Gedanken das perfekt dekorierte Wohnzimmer vorstellen konnte, klopfte mir meine Kollegin auf die Schulter und drückte mir ein Tablett mit vier Gläsern in die Hand. Auf dem Weg zurück an den Tisch, schlängelte ich mich vorsichtig an Pärchen, Familien und Cliquen vorbei. Doch nur wenige Meter davon entfernt lief jemand in mich hinein, und ich verschüttete die Getränke ausgerechnet auf meinen Pullover und die Gläser fielen klirrend zu Boden. Na, danke auch!

»Können Sie nicht aufpassen!«, schimpfte ich und starrte entsetzt das Desaster auf meinem Pullover an. »Es ist schon peinlich genug, dieses Ding zu tragen, wenn es sauber ist. Mich so den Gästen zu präsentieren, hatte ich nicht vorgehabt.«

»Entschuldige bitte, das wollte ich nicht. Ich hab wohl nicht aufgepasst. Hast du dich verletzt?« Die Stimme klang sanft, aber ich war viel zu gereizt.

»Verletzt nicht, aber wie sehe ich denn jetzt aus! Und ... wieso duzen Sie mich eigentlich?«, gab ich bissig zurück. Ich war wirklich total sauer, während ich mit dem Tuch, das fürs Tischeabwischen gedacht war, versuchte, meinen Pulli etwas abzutrocknen.

»Ach komm schon! Wie alt bist du ... zweiundzwanzig, dreiundzwanzig? Da kannst du doch nicht ernsthaft aufs Siezen bestehen«, erwiderte er lachend.

Die Wut in mir kochte hoch und zwang mich, jetzt doch aufzusehen. Und was ich sah, gefiel mir – gegen meinen Willen – verdammt gut.

Er war sicher ein paar Jahre älter als ich. Die dunkelbraune Wuschelfrisur sah extrem gut an ihm aus. Seine grau-blauen Augen funkelten mich amüsiert an, und kleine Grübchen in seinem Gesicht ließen mein Herz höher schlagen.

Verdammt, wäre der Typ nicht so arrogant, könnte ich ihn glatt mögen, schoss es mir durch den Kopf.

Nach einem deutlichen Räuspern fand ich endlich meine Sprache wieder.

»Doch, das tue ich ... normalerweise ... bei Gästen. Mein Alter geht dich zwar nichts an, aber ich bin fünfundzwanzig. Da darf ich schon mal drauf bestehen, dass völlig Fremde mich siezen.«

Der Typ war sogar noch größer als mein Chef, er überragte mich um eine ganze Kopflänge. Aber im Unterschied zu Herrn Winterbach wirkte er sehr sportlich.

Doch er ließ nicht locker, sondern grinste nur frech, was ihn sehr sympathisch machte. »Du bist echt schon fünfundzwanzig? Hätte ich nie gedacht. Durch deine blonden Engelslocken, deine geröteten Wangen und das auch noch in Kombi mit dem Pulli, hab ich dich halt jünger geschätzt.«

Etwas verlegen sah ich zum ihm auf, da er mir nun auch noch seine Hand entgegenstreckte.

»Und damit wir uns nicht mehr fremd sind, stelle ich mich mal vor. Ich bin Jonas, und du?«

Bevor ich antworten konnte, hörte ich meinen Chef rufen: »Sarah, kommst du bitte mal her?« Verdammt, das klang nach Ärger! Ich schluckte. Hoffentlich feuerte der mich jetzt nicht! Immerhin hatte ich seine Kunden für ein Gespräch im Stich gelassen, und die Getränke waren auch noch verschüttet. Mit einem knappen Nicken Richtung Jonas ging ich zur Theke zurück.

»Sie wollten mich sprechen, Herr Winterbach?«, versuchte ich, die Situation mit besonders viel Höflichkeit in den Griff zu bekommen.

»Allerdings. Wie kann es sein, dass ein erwachsener Mensch zwei Mal am selben Tag Mist auf der Arbeit baut? Ist es nicht schon schlimm genug, dass du heute unpünktlich warst? Nun verschüttest du auch noch Getränke und verplapperst dich, anstatt unsere Kunden erneut zu bedienen. Du wirst jetzt die neue Runde für die Kunden bezahlen, ihnen die Getränke dieses Mal sicher servieren und dich bei ihnen entschuldigen.«

Wie bitte? Das war doch nicht meine Schuld, dass dieser Jonas in mich hineingelaufen war. Und ich sollte das jetzt ausbaden – verdammt!

»Das war meine Schuld, Vater, nicht Sarahs. Ich war unaufmerksam und habe sie angerempelt. Ich werde also die Getränke bezahlen und sie zu dem Tisch bringen.«

Mittlerweile stand Jonas neben mir. Moment mal, was? Dieser süße Kerl ist der Sohn von solch einem arroganten und unfreundlichen Anzugträger? Mein Blick wanderte von meinem Chef zu seinem Sohn. Erst jetzt fielen mir gewisse Ähnlichkeiten zwischen den beiden auf. Sowohl Jonas, als auch sein Vater, hatten eine gerade Körperhaltung und auch seine wunderschönen Augen hatte er von seinem Vater geerbt. Wie konnte mir das nur entgehen?

»Ach ist das so?«, hakte Herr Winterbach entnervt nach. »Ich kann mich nicht daran erinnern, dich zu solch einem Tollpatsch erzogen zu haben. Aber das besprechen wir wann anders, schließlich geht dieses Thema Außenstehende nichts an.«

»Ich bin kein Tollpatsch, sondern ein Mensch, der Fehler macht. Entschuldige, dass ich nicht die Perfektion in Person bin. Es kann nicht jeder wie du sein.« Entrüstet verschränkte Jonas die Arme vor der Brust und atmete tief aus.

Seinen Sohn ignorierend, wandte sich mein Chef wieder mir wieder zu, und sein Blick war kein bisschen freundlicher als zuvor. »Und nun zu dir, Sarah. Mag sein, dass du für das Verschütten der Getränke nicht verantwortlich bist, also musst du sie auch nicht zahlen. Aber du hast heute dennoch zwei Fehler begangen. Und nun platzt mir der Geduldsfaden. Du bist hier auf der Arbeit, da sind Privatgespräche nicht erwünscht. Das hättest du meinem Sohn sagen sollen. Da du aber die letzten Tage deine Arbeit gut erledigt hast, ist das kein Grund, dir zu kündigen. Aber … du wirst nächste Woche ins Weihnachtsfrauenkostüm schlüpfen und über den Weihnachtsmarkt laufen. Dabei verteilst du Flyer, Kekse und Kostproben unserer alkoholischen und alkoholfreien Glühweine. Freitag werden wir dann sehen, wie es weiter geht. Verstanden?«

Das war ja wohl nicht wahr! Ich hatte nichts verbrochen und sollte so bestraft werden? Tränen stiegen in meine Augen, aber ich wollte nicht, dass er sie sah. Also blinzelte ich sie einfach weg.

»Aber …, Herr Winterbach! Ich hab doch versucht, mich von Ihrem Sohn loszureißen, aber er hat mich einfach weiter in ein Gespräch verwickelt. Es stimmt, meine fünf Minuten Verspätung vorhin habe ich zu verantworten. Aber ich kann absolut nichts dafür, dass Ihr Sohn mich von der Arbeit abgehalten hat. Kann ich nicht einfach nächste Woche hinter dem Tresen arbeiten? Da passiert so was nicht, versprochen.« Flehend sah ich ihn an. Ich war auf den Job finanziell angewiesen, aber im Weihnachtsfrauenkostüm über den Markt zu laufen …

Doch mein Chef ließ sich nicht erweichen. »Nein, Sarah. Sonst wirst du nie lernen, dich dem Auftrag deines Chefs unterzuordnen, und gerade bei deinem späteren Job ist das von Bedeutung. Ich weiß, dass du ungern Kostüme trägst. Das hast du beim

Vorstellungsgespräch gesagt, und deswegen habe ich dich im Service angestellt. Nun denke ich aber, dass dir eine kleine Abwechslung nicht schadet. Ich habe auch keine Lust mehr, darüber mit dir zu diskutieren. Die Kunden warten. Zieh dir einen anderen Pullover an und geh zurück an deine Arbeit!«

Wütend drehte ich mich zu Jonas um, kaum dass sein Vater außer Sichtweite war. Ich streckte meinen Rücken durch und machte mich so groß wie möglich. Zornig funkelte ich ihn an. »Da siehst du, was du an- gestellt hast. Vielen Dank auch, dass ich deinetwegen in diese Misere geraten bin.« Ohne ihm die Chance auf eine Antwort zu lassen, drehte ich mich auf dem Absatz um und stampfte Richtung Toilette.

Drei – Jonas

Wow! Noch immer geflasht von dieser unglaublichen Begegnung, starrte ich Sarah hinterher, unfähig, meinen Blick von ihrem Rücken abzuwenden. So lange, bis sie hinter der Toilettentür verschwunden war. Mein Herz hämmerte in meiner Brust, und mir war plötzlich so warm wie in einer Sauna.

In meinem Leben war ich schon vielen gut aussehenden und starken Frauen begegnet, aber diese Begegnung war einzigartig. Normalerweise reagierten die Mädels überaus freundlich auf mich und flirteten, was das Zeug hielt. Doch Sarah war wohl anders, das war mir vom ersten Moment an klar gewesen. Obwohl sie hübsch aussah und dies sicherlich auch wusste, war sie kein bisschen überheblich. Im Gegenteil, sie schien ihre Arbeit hier sehr ernst zu nehmen, und das, obwohl mein Vater so mit ihr umsprang.

In der gehobenen Society, in der ich dank meines Vaters sehr bekannt und erfolgreich war und für die wichtigsten Unternehmen das gesamte Marketing abwickeln durfte, erlebte ich diese Bodenständigkeit gepaart mit Ehrgeiz so gut wie nie. Die Frauen und

Männer dort interessierten sich nur für ihr Geld, ihre Gesundheit und ihre Zukunft, Menschlichkeit spielte dort selten eine Rolle. Bisher hatte mich das nicht gestört, schließlich hatte ich schon als Kind von meinem Vater gelernt, dass man nur durch egoistisches Verhalten im Leben etwas erreichen konnte. Doch heute störte mich dieses geldorientierte Verhalten meines Vaters sehr. Und auch seine Art, mit Sarah und mir zu reden.

Was fiel ihm eigentlich ein, so mit seiner Angestellten umzuspringen? War er immer so drauf, oder lag das nur am Weihnachtstress? Hatte er diese unglaubliche Arroganz etwa auf mich übertragen, ohne dass ich es bisher bemerkt hatte?

Verwirrt von meiner neuen Sicht und dem unbändigenden Herzklopfen, sah ich mich nach Sarah um, fand sie jedoch nirgendwo. Schade, dabei hätte ich mich so gerne bei ihr entschuldigt.

Moment mal, was? Seit wann war ich derjenige, der sich entschuldigte? Was hatte dieses Mädchen nur an sich, das mich so schnell ins Grübeln brachte?

Irritiert von meinen neuen Gedanken, schlenderte ich über den Weihnachtsmarkt, um mich ein wenig abzulenken. Gerade als ich mich mit einem heißen Kakao und selbstgebackenen Keksen – meine größten

Schwächen zur Weihnachtszeit – an den Gänseliesel-brunnen setzen wollte, der wie jedes Jahr der Mittel-punkt des Weihnachtsmarktes war, wirbelte ein stark zunehmender Wind den fallenden Schnee unange-nehm auf.

Ich flüchtete in meine Wohnung, die ganz in der Nähe des Weihnachtsmarktes war, und beobachtete von dort aus, wie andere dies ebenfalls taten. Kinder sah ich keine mehr, wahrscheinlich hatten ihre Eltern sie alle ins Haus zurückgeholt. Dafür drängelten sich nun Massen von Studenten und älteren Schülern durch die Straßen, um sich möglichst schnell vor den kalten Flocken in Sicherheit zu bringen.

Amüsiert sah ich entsetzte Gesichter aufgebrachter Mädchen, die sich lautstark über ihre nun durchnäss-ten Kleider und ihre ruinierten Haare beschwerten und ihren Partnern die Schuld dafür gaben. Als hät-ten diese es geplant, am späten Abend in einen Schneesturm zu geraten! Mitfühlend schaute ich den Männern hinterher, die viel Mühe hatten, ihre Mäd-chen zu beruhigen, ohne selbst durchzudrehen. Die Hartgesonnenen gingen weiterhin Richtung Weih-nachtsmarkt, als wollten sie demonstrieren, dass ihnen der Schnee nichts anhaben konnte.

In diesem Moment entdeckte ich Sarah, die in Begleitung zweier Frauen gerade unter meinem Fenster vorbeilief. Sofort öffnete ich es und schaute ihnen hinterher.

»Du bist ja ganz durchnässt!«, rief eine der beiden mit italienischem Akzent, blieb stehen und musterte Sarah besorgt von oben bis unten.

»Das hat Schnee nun mal so an sich, Chiara«, antwortete Sarah lachend und drehte sich, als würde sie ein neues Kleid präsentieren. »Du weißt doch, wie sehr ich den Schnee liebe. Was Besseres kann einem in der Vorweihnachtszeit gar nicht passieren. Und aus Zucker bin ich auch nicht.«

»Aber deine Frisur!«, setzte Chiara hinterher und rümpfte die Nase. »Wie kann man nur so rumlaufen?« Tatsächlich waren Sarahs Locken durchnässt und hingen zusammengeklebt über ihren Schultern und sie sah aus, wie ein begossener Pudel. Das tat ihr aber keinen Abbruch, sondern ließ sie natürlich und noch sympathischer wirken.

»Oh mein Gott, meine Frisur!«, rief Sarah ironisch aus und fasste sich gespielt entsetzt ins Gesicht. »Wie kann die Modepolizei mich nur so auf die Straße lassen?« Bei diesen Worten musste ich lächeln.

»Hey!«, wehrte sich ihre Freundin und verschränkte ihre Arme vor der Brust. »Du bist gemein, weißt du das?«

»Ich bin nicht gemein, ich …«

»Wie war deine Schicht heute?«, mischte sich nun auch die dritte Frau ein. Sie sah ein paar Jahre älter aus als Chiara und Sarah.

»Die reinste Katastrophe!«

Weshalb es die reinste Katastrophe war, konnte ich jedoch nicht mehr hören, da das Trio soeben um die Ecke gebogen war. Lag es an meinem Vater? War er erneut unhöflich zu ihr gewesen, oder störte sie sich an ihrer Strafaufgabe, die nun nächste Woche auf sie zukommen würde.

Nachdenklich starrte ich noch aus dem Fenster, als es an meiner Tür Sturm klingelte.

Vier – Sarah

»Was ist denn so Schreckliches passiert?«, wollte Karin wissen und blieb stehen. »War dein Chef wieder unfair zu dir?«

»Wenn du wüsstest!«, rief ich aus und schnaufte. Allein der Gedanke an meinen Chef und seinen arroganten, aber heißen Sohn ließ meinen Puls gewaltig ansteigen. Aus reiner Wut selbstverständlich. »Ich kam heute nur fünf Minuten zu spät und wurde dafür sofort angeschnauzt. Da ich Angst um meinen Job hatte, bemühte ich mich während der gesamten Schicht um eine perfekte Arbeitsweise. Erst lief alles wie geplant, bis dieser verdammte Jonas in mich hineinlief und alles ruinierte!«

»Wer ist Jonas?«, riefen Chiara und Karin wie aus einem Mund und sahen mich herausfordernd an.

»Der Sohn vom Chef«, versuchte ich es mit der Kurzvariante, während ich die Wohnungstür aufschloss.

»Du regst dich auf, weil der Sohn deines Chefs in dich hineingelaufen ist? Findest du das nicht ein wenig überzogen? Wir alle wissen, wie voll es abends auf dem Weihnachtsmarkt ist, und da kann es schnell mal passieren, dass Leute sich gegenseitig im Weg sind. Das war bestimmt keine Absicht und ...« Chiara schüttelte verständnislos ihren Kopf.

Ich zog meine Jacke aus und feuerte die Tüte mit dem nassen Pullover auf den Boden.

»Das ist mir doch egal, ob es Absicht war oder nicht!«, rief ich empört aus und verschränkte meine Arme vor der Brust. »Ihr wart ja nicht dabei, Chiara. Sonst wüsstest du, weshalb es mich so wütend macht!«

»Warum setzen wir uns nicht erst mal hin? Und dann erzählst du uns alles«, schlug Karin lächelnd vor, die, wie immer, die Ruhe selbst war.

»Gute Idee«, stimmte Chiara zu und zog mich mit sich in die Küche, wo sie gleich Teewasser aufsetzte. »Also, was ist genau passiert?«

Ich setzte mich neben Karin, die auch schon Platz genommen hatte. Und dann erzählte ich ihnen die Einzelheiten.

»... Ich meine, Glühwein auf dem hässlichen Pullover ... das war echt peinlich. Ich muss ihn sogar bezahlen, sollte ich ihn nicht wieder sauber bekommen. Und dann war dieser Jonas auch noch so dreist, mich einfach zu duzen. Ich meine, hallo? Hat der Kerl denn gar kein Benehmen?«

Mir fiel schon auf, dass Chiara und Karin sich Blicke zuwarfen und zu grinsen anfingen. Aber ich war nicht mehr zu stoppen.

»Er tat einfach so, als würden wir uns schon ewig kennen: Er duzte mich und quatschte mich während meiner Arbeitszeit voll. Was der Chef natürlich mitbekam. Und obwohl ich nichts getan habe, werde ich dafür bestraft!«

»Okay, das ist … ärgerlich«, gab Karin lächelnd zu und kratzte sich kurz am Kinn. »Aber ändern kannst du es nicht mehr. Solange er dich nicht gefeuert hat oder dir dein Gehalt kürzen will, solltest du es einfach wegstecken. Denn, ob du meckerst oder nicht, die Sache ist gelaufen.«

Chiara stellte drei Tassen Tee auf den Tisch und setzte sich zu uns. Meine Wut war leider immer noch nicht verrauscht. Ich strich mir die nassen Locken aus dem Gesicht.

»Nein, gefeuert hat mich Winterbach nicht. Aber zur Kostümarbeit verdonnert! Stellt euch mich bitte mal im Kostüm einer Weihnachtsfrau vor, die über den Weihnachtsmarkt läuft und mit Kostproben und Flyern Werbung für ihn macht! Ich und ein Kostüm! Die reinste Katastrophe!« Ich schüttelte mich.

»Oh mein Gott, du als Weihnachtsfrau?«, rief Chiara aus und wischte sich Lachtränen von ihrer Wange. »Das muss ich sehen! Karin, wir müssen Montag auf jeden Fall zum Weihnachtsmarkt!«

»Hey, das ist nicht lustig!« Empört schlug ich meiner Freundin auf den Unterarm, konnte mir ein Grinsen jetzt aber nicht mehr verkneifen.

Diese Reaktion war so typisch für Chiara. Schadenfreude ihren Freunden gegenüber zählte ebenso zu Chiaras Hobbys wie singen und tanzen. Sie liebte es einfach, über das Pech ihrer Freunde zu lachen, so lange es nichts allzu Ernstes war. Und zugegeben, die Vorstellung von mir als Weihnachtsfrau musste für jeden, der mich gut kannte, die beste Versüßung des Abends sein. Ein Blick zu Karin, die mit aller Mühe ein Lachen unterdrückte, bestätigte diese Vermutung. Oh Mann, diese Geschichte würde ich mir nun einige Jahre immer wieder anhören müssen.

»Ganz ehrlich, es hätte dich viel schlimmer treffen können. Du hast deinen Job noch. Und zur Putzkolonne, die das Erbrochene betrunkener Gäste wegmachen muss, bist du auch nicht geschickt worden. Und immerhin wirst du dich in diesem Kostüm …«, Karin zeigte auf das mitgebrachte Monstrum, das ich über einen Stuhl gehängt hatte, »…. nicht darum sorgen müssen, von irgendwelchen notgeilen Typen ange-macht zu werden. Also wie gesagt: immer positiv bleiben!«

»Ja, da hast du wohl recht«, murmelte ich. Mein Schicksal war unwiderruflich besiegelt.

Frustriert ignorierte ich den Tee und machte mir ei-nen heißen Kakao mit Sahne, Marshmallows und Schokostreuseln – mein absolutes Lieblingsgetränk im Winter, besonders aber in der Vorweihnachtszeit. Meistens aß ich dazu Kekse und hörte Weihnachtslie-der, doch heute hatte ich weder Appetit auf Kekse, noch wollte ich Musik hören. Ich wollte mich lieber in Ruhe mit meinen Mädels unterhalten. Tatsächlich war das mit Weihnachtsmusik nicht möglich, da ich jedes Lied mehr oder weniger gekonnt mitsang, an-statt jemandem zuzuhören.

Nachdem ich mich mit dem Kakao zurück an den Tisch gesetzt hatte, beruhigte sich mein Puls endlich. »Und, Mädels, was habt ihr heute Abend so getrie-ben? Warum habt ihr mich eigentlich abgeholt? Ich dachte, ihr wolltet euch einen gemütlichen Abend machen. Chiara, wolltest du nicht einen Weihnachts-putz in deinem Zimmer machen, um dein erstes Weihnachten in unserer Wohnung so richtig will-kommen zu heißen?«

»Naja, das haben wir ja auch! Zuerst habe ich mein Zimmer geschrubbt, als gäbe es kein Morgen. Und obwohl das Aufräumen hasse, tat es wirklich gut, besonders das Erfolgserlebnis danach. Als Art Belohnung hat Karin dann gekocht und wir haben uns einen netten Spielenachmittag gegönnt. Als der Schneesturm los ging, entschieden wir uns dazu, dir entgegen zu kommen, damit du nicht alleine durch diese Hölle musst. Wie heißt es so schön: geteiltes Leid ist halbes Leid. Hätte ich aber gewusst, wie verrückt du nach diesem Wetter bist, wäre ich ganz sicher hier im Warmen geblieben!« Ihre großen schokobraunen Augen blitzten kurz auf, jedoch, sehr zu meinem Erstaunen, eher amüsiert als beleidigt.

»Das stimmt, aufräumen ist wirklich nicht deine Stärke. Aber ich bin stolz auf dich, dass du es tatsächlich durchgezogen hast. Überleg mal, jetzt hast du genug Platz zum Tanzen, Singen und Schminken. Das war die Arbeit doch wert, oder nicht?« Verlegen fuhr sich Chiara durch ihre schwarzen Wellen, die ihr rundes Gesicht umrahmten, und wickelte sich eine Strähne um den Finger. Chiara hatte viele positive Eigenschaften, aber ihre Faulheit und ihr Temperament zählten eindeutig nicht dazu. Dafür war sie sehr loyal, immer ehrlich und ich konnte ihr alles

anvertrauen. Ihr Selbstbewusstsein und ihre Bodenständigkeit beeindruckten mich besonders. Obwohl
Chiara aus reichem Haus kam, wusch sie regelmäßig
ihre Wäsche, übernahm ab und zu den Einkauf und
störte sich kein bisschen daran, mit uns das Bad zu
teilen. Ihre Schönheit und ihr zierlicher Körperbau
hatten leider zur Folge, dass sie meist von Männern
unterschätzt und herablassend behandelt wurde,
doch Chiara wusste sich zu wehren. Nicht umsonst
hatte sie als Kind mit Karate angefangen und vor einigen Jahren den schwarzen Gürtel erworben. Aber
auch mit Worten wusste sie die Männer in Schach zu
halten.

Offenbar hatten die beiden ebenfalls viel Spaß gehabt. Sie hatten sich mit reichlich Knabberzeug an
den Tisch gesetzt und einen Spieleabend veranstaltet.
Mit *Monopoly* und *Mensch ärgere dich nicht*. Oder waren es doch *Schach* und *Spiel des Lebens*?

So sehr ich es auch versuchte, irgendwie war ich
nicht in der Lage, richtig zuzuhören. Denn sobald ich
ruhiger geworden war, schlich sich das Bild von Jonas
in meinen Kopf, und schon beschleunigte sich erneut
mein Puls. Was war los mit mir? Wieso musste ich an-
dauernd an diesen süßen Vollidioten denken? Und
wieso war ich nicht mehr wütend auf ihn, sondern

musste nun über seine Aktion von vorhin schmunzeln?

»Sarah, alles okay bei dir?«, holte mich Chiara aus meinen Gedanken.

»Klar, bin nur etwas müde. Ich gehe schlafen«, erwiderte ich und verabschiedete mich von meinen beiden Mitbewohnerinnen. Doch an Schlafen war leider lange noch nicht zu denken.

Fünf – Jonas

»Mach das verdammte Telefon aus!«, knurrte mein Bruder, der gestern Abend spontan vorbeigekommen war und es sich auf meinem Sofa bequem gemacht hatte. Obwohl er im Wohnzimmer war, hörte ich jedes Wort deutlich.

»Ja, ja!«, nuschelte ich leise vor mich hin und drehte mich um.

Es war spät geworden, da mein Bruder unbedingt ein Projekt mit mir hatte besprechen wollen. Er war Abteilungsleiter der Marketingabteilung in meiner Firma und wollte unbedingt neue Betriebswege ausprobieren. Zuerst hatte ich ihm noch zugehört, doch je länger sein Monolog wurde, desto mehr schweifte ich gedanklich ab, bis ich ungewollt bei Sarah gelandet war.

Noch immer faszinierte mich ihre Ausstrahlung. Ihre humorvolle, bodenständige Art und ihr Ehrgeiz hatten meine Aufmerksamkeit sofort auf sie gelenkt. Es gefiel mir, dass Sarah genau wusste, was sie wollte, zumindest machte dies den Anschein auf mich. Doch warum war sie so abweisend zu mir gewesen? Was hatte ich falsch gemacht, dass sie sich mir gegenüber von ihrer feindseligen Seite zeigte, während sie zu den Gästen meines Vaters ausgesprochen freundlich gewesen war?

Da ich es nicht geschafft hatte, mich erneut auf die Ausführungen meines Bruders zu konzentrieren, hatte er beschlossen, auf meinem Sofa zu übernachten und das »Meeting« auf den nächsten Morgen zu verschieben.

»Steh endlich auf, du faule Socke!« Die entnervt klingende Stimme meines Bruders holte mich unsanft aus meinen Gedanken. Seufzend drehte ich mich im Bett um. Er stand in meiner Schlafzimmertür. Immerhin mit einer heißen Tasse Kaffee.

»Das ist ein privater Bereich«, erklärte ich und quälte mich aus meinem warmen Bett. »Du hast hier nichts zu suchen«, setzte ich sicherheitshalber hinzu.

»Dann verschlaf nicht den ganzen Tag«, erwiderte Lukas und grinste frech. Seine blau-grünen Augen funkelten amüsiert und eine blonde Locke fiel in sein Gesicht. Lukas sah unserer Mutter und Großmutter sehr ähnlich, worum ich ihn immer beneidet hatte. Doch seinen Ehrgeiz und die Vorliebe für Geld und große Zahlen hatte er eindeutig von unserem Vater.

Den ganzen Tag? Es war doch erst … oh Mist, schon zehn Uhr? Wie konnte mir, einem eingefleischten Frühaufsteher, nur so etwas passieren?

Anscheinend war ich wieder eingeschlafen, nachdem mein Handywecker um sieben Uhr geklingelt hatte.

»Sorry, ich hab schlecht geschlafen«, erklärte ich ihm. »Ich steh ja schon auf. Brötchen sind in der Brotbox, die hab ich gestern frisch gebacken.«

Lukas verdrehte die Augen und ging zurück in die Küche. Während ich mich anzog, hörte ich sein Gemecker.

»Statt die Zeit in der Küche totzuschlagen, könntest du die Portfolios studieren. Du bist Inhaber der erfolgreichsten Marketingagentur in dieser Gegend und kein Bäcker. Deine Kunden interessiert es nicht, ob du Brötchen und Kekse backen kannst, sondern wie du ihre Produkte erfolgreich auf dem Markt platzieren kannst. Am besten frühstücken wir, und danach werden wir uns den ganzen Kram mal ansehen.«

»Aber es ist Sonntag, Herrgott noch mal! Hast du nichts Besseres zu tun, als mir auf die Nerven zu gehen? Such dir Hobbys ... oder noch besser, eine Freundin. Irgendetwas, dass dich daran erinnert, dass das Leben nicht nur aus Arbeit besteht!«, rief ich genervt aus und betrat die Küche. Um diesen Tag zu überleben, brauchte ich mehr als nur einen starken Kaffee.

»Du bist selbstständig, Jonas. Musst also selbst und ständig arbeiten, verstanden? Oder wie Vater immer betont: Ein erfolgreicher Geschäftsmann braucht kein Wochenende, sondern Kunden, Geld und Erfolg.«

Na toll, den Spruch hatte ich jetzt wirklich nötig. Wie gerne hätte ich jetzt erst mal in aller Ruhe gefrühstückt. Aber daran war wohl nicht zu denken.

»Vater hat dir die Agentur nicht übertragen, damit du die Wochenenden faul verbringst, sondern damit etwas aus dir wird. Oder glaubst du, dass du BWL studieren solltest, nur um anschließend den ganzen Tag zu backen? Wach auf, Bruderherz! Den Erfolg deiner Firma hast du Vater zu verdanken, genau wie dein gesamtes Luxusleben. Er hat sich uns zuliebe den Hintern aufgerissen, damit wir in der High Society Fuß fassen können und uns keine Sorgen um die Zukunft machen müssen. Du solltest endlich mal dankbar dafür sein und dich revanchieren. Wenn du nicht wieder der Mann wirst, der du noch vor zwei Jahren warst, sehe ich für dein Unternehmen schwarz. Du musst dich mehr reinhängen, so wie früher. Denn Marketing ist beliebter denn je, und die Konkurrenz schläft nicht. Mach endlich was daraus, sonst …«

»Und wenn ich das gar nicht mehr will?«, unterbrach ich Lukas im harschen Tonfall und schlug mit der Faust auf den Tisch, sodass mein Bruder mich irritiert ansah. »Was, wenn ich nicht mehr der arrogante Anzugträger sein will, der sich nur um Geld und Erfolg schert und seine Mitarbeiter herumschubst? Was, wenn mich die ganze geldgeile Welt unserer Kunden nur noch nervt?«

Es tat gut, zum ersten Mal die Wahrheit auszusprechen, die mich schon seit Längerem quälte. Wie schlimm unsere Welt jedoch war, war mir erst gestern bewusst geworden, als ich auf dem Weihnachtsmarkt mit ansehen musste, wie mein Vater seine Angestellte behandelte. Sarahs Anblick, die nur mit Mühe einen Tränenausbruch vermeiden konnte, hatte mich tief getroffen.

Wie hatte ich bisher nur zulassen können, dass andere solch ein respektloses und ungerechtfertigtes Verhalten ertragen mussten? Und wie konnten wir Reichen jeden Tag mehr Geld machen und ein Leben im Luxus führen, wenn ein großer Teil unserer Gesellschaft um jeden Cent kämpfen musste und fürs Überleben nahezu alles hinnahm? Unglaublich, dass ich bis gestern Teil dieser arroganten Menschen gewesen war und es mir leichtfiel, die Augen vor der

Wahrheit und dem ganzen Elend zu verschließen. Das musste ein Ende haben!

Doch wie? Wie sollte ich von jetzt auf gleich aus einem Leben ausbrechen, das ich von Kindesbeinen an gewohnt war? Konnte man einfach sein Leben ohne Vorwarnung umkrempeln und alles, was man sich die letzten Jahre mit Mühe aufgebaut hatte, hinschmeißen?

Sechs – Sarah

Als ich am Sonntagmorgen wach wurde, war es draußen schon hell. Ein paar Hunde bellten, und ein kalter Windzug bahnte sich seinen Weg in mein Zimmer. Seufzend klappte ich die Decke zurück und streckte mich ausgiebig, bevor ich aufstand, fröstelnd zum Fenster ging und es schloss.

Ein Blick nach draußen genügte mir, um zu wissen, dass ich diesen Tag nur mit einem dicken Pullover und viel heißer Schokolade überleben würde. Das Thermometer zeigte drei Grad Celsius an, und die Straße war mit einer Schneeschicht bedeckt. Ein paar Menschen waren unterwegs und hinterließen Fußspuren, während sie gegen den leichten Schneefall ankämpften.

Gähnend schlenderte ich in die Küche und machte mir eine heiße Schokolade und zwei Scheiben Toast mit Käse. In der Nacht hatte ich kaum ein Auge zu bekommen. Das lag nicht etwa daran, dass ich in fünf Tagen eine Klausur zu einem mir völlig unklaren Thema mit einer 90-prozentigen Wahrscheinlichkeit zum Durchfallen schreiben würde. Es hatte auch nichts mit Herrn Winterbach und seinem ungerechten Verhalten zu tun, denn den Frust darüber hatte mir am Vorabend der Kakao genommen.

Was mich aber vom Schlafen abgehalten hatte, war sein Sohn, Jonas.

Egal, was ich versucht hatte, ich bekam ihn einfach nicht aus meinem Kopf. Warum war er mir gegenüber so flirtend und charmant gewesen? Bekamen alle Mädchen dieses unglaublich süße Lächeln, oder bezweckte er damit etwas Bestimmtes? War ich zu hart zu ihm gewesen? Schließlich verhielt er sich durchgehend freundlich, während ich mir einredete, dass es sich dabei um Arroganz handelte, weshalb ich ihm gegenüber herablassend gewesen war. Doch war dies berechtigt?

Zählte auch Jonas zu den Männern, die auf den ersten Blick süß, charmant und zuvorkommend waren, sich später aber als vollkommene Arschlöcher entpuppen, die dir dein Herz brachen und dir jeglichen Stolz stahlen? Oder war Jonas anders als mein Ex? War er vielleicht doch von Natur aus ein freundlicher Mensch, den ich nur aufgrund seines Nachnamens verurteilt hatte? Hätte ich ihm gegenüber ebenfalls freundlich sein und ihm eine Chance geben sollen?

Unentschlossen senkte ich meinen Kopf und starrte in meinen Kakao, als könne mir dieser alle Antworten der Welt liefern. Warum musste das Leben auch immer so kompliziert sein?

Während des Frühstücks machte ich mir innerlich eine Pro-und-Contra-Liste, mit der Frage, ob ich mich bei ihm entschuldigen sollte. Aber einige Minuten später schon ging ich ohne eindeutiges Ergebnis ins Bad.

»Hey, du Schlafmütze! Sollte ich dir heute nicht beim Lernen helfen?« Karins rotbrauner Schopf lugte durch die Badezimmertür. Sie sah mich fragend an.

»Ach ja, richtig!«, rief ich aus und schlug mir mit der flachen Hand gegen die Stirn. »Ich Idiotin, das hatte ich doch glatt vergessen! Tut mir echt leid.«

»Schon gut, das passiert doch jedem mal. Außerdem bist du gestern echt spät ins Bett gegangen.« Erstaunt sah ich meine Freundin an. Spionierte sie mir etwa nach? Oder war ich zu laut gewesen?

»Weder noch!«, antwortete Karin und verfiel in schallendes Gelächter, als sie meinen fragenden Gesichtsausdruck sah. Zumindest hoffte ich, dass er fragend aussah.

»Du hast eben laut gedacht, Süße. Daran solltest du echt mal arbeiten, bevor es irgendwann peinlich wird. Ich musste gegen drei Uhr morgens auf Toilette und sah durch deinen Türspalt, wie in diesem Moment bei dir das Licht ausging. Geht es dir nicht gut?«

»Doch, doch, alles supi«, antwortete ich zügig und lächelte sie an. »Ich hab mir nur ein paar Gedanken zu gestern gemacht, das ist alles«, winkte ich ab, bevor ich mir den Föhn schnappte. »In zehn Minuten bin ich unten, dann können wir anfangen«, setzte ich hinzu, um die Unterhaltung zu unterbrechen.

»Klar, aber lass dein Handy im Zimmer, das lenkt nur ab.« Bevor ich etwas erwidern konnte, wandte sich Karin ab und verschwand in ihrem Zimmer. Lachend begann ich, mir die Haare zu föhnen.

Eine ganze Stunde hatte es gedauert, bis ich endlich verstanden hatte, wie das X-Bar-Schema funktionierte. Für das topologische Modell, mit dem in der Linguistik Sätze durch verschiedene Felder analysiert werden, brauchte ich zum Glück nur ein paar Minuten, nachdem Karin mich darauf hingewiesen hatte, dass die linke und die rechte Satzklammer die Verben enthielten und den Satz einklammerten. Darauf hätte ich wirklich früher kommen können. Der Name »Satzklammer« kam sicher nicht von irgendwoher!

Nach über einer Stunde konzentriertem Pauken rauchte mein Schädel. So erledigt war ich lange nicht mehr, dabei war ich erst seit zirka zweieinhalb Stunden auf. Erleichtert über meinen Zwischenerfolg, bedankte ich mich ausgiebig bei Karin. Die kommenden Tage wollte sie weiterhin mit mir lernen, jeden Tag ein anderes Thema. Dabei sollte es nicht darum gehen, den ganzen Seminarinhalt bis ins kleinste Detail zu verstehen, sondern mir eine Chance auf eine Vier, vielleicht sogar auf eine Drei, zu ermöglichen.

»Ich bin froh, dass du die Grundlagen der Syntax nun verstanden hast, Sarah. Glaub mir, dazu gibt es immer viele Fragen und Punkte in den Klausuren. Aber wir müssen uns nachher erneut das X-Bar-Schema anschauen«, eröffnete mir Karin schonungslos und kochte sich einen Kaffee.

»Aber ich dachte, dass wir damit durch sind!«, stöhnte ich entsetzt auf. »Ich weiß doch jetzt, wie das funktioniert.«

»Wenn nicht ...«, fing ich an und kam gespielt drohend auf sie zu, »... wirst du es bereuen! Ich tue mir die Folter doch nicht umsonst an!«

»Das ist keine Folter, sondern Linguistik.« Schmunzelnd sah meine Freundin mich an. »Du musst das nur bis zum Ende des Bachelors aushalten. Den Master kannst du entweder komplett in Literatur machen, oder du fokussierst dich auf Literatur und

Mediävistik. Dafür brauchst du aber erst deinen Bachelor, wofür du auch durch die Linguistik-Seminare kommen musst. Aber an deiner Stelle würde ich erst einmal nach draußen gehen. Schnapp ein bisschen frische Luft und krieg den Kopf frei. Denn den brauchst du heute Abend. Ich übernehme deinen Küchendienst, wenn du dir einen Spaziergang genehmigst.«

»Danke, du bist die Beste. Wenn ich die Klausurenphase hinter mir habe, lade ich dich zu einem Cocktailabend ein. Versprochen!«

Mit einem breiten Grinsen im Gesicht zog ich mich warm an und verließ die Wohnung. Kaum draußen angekommen, schloss ich für einen Moment die Augen und atmete tief durch. Die kalte Luft brannte in der Lunge und machte mich endgültig wach. Mit neuer Energie bahnte ich mir meinen Weg durch Göttingens verschneite Innenstadt, bis ich an meinem Lieblingsort, dem Botanischen Garten am Auditorium, angekommen war.

Sieben – Jonas

Ich starrte voll konzentriert auf mein Handy und durchforstete das Internet nach leer stehenden Bäckereien in Göttingens Innenstadt. Zu meinem Glück gab es tatsächlich einige Inserate, die für mich ansprechend klangen. Ich hob den Blick und griff in meine Manteltasche, um nach einem Block und Kugelschreiber zu kramen. Was Notizen anbelangte, war ich eher altmodisch veranlagt und schrieb mir lieber alles auf Papier auf. Aus irgendeinem Grund hatte ich nämlich ein Talent dafür, ungewollt Handynotizen zu löschen.

Gerade als ich aufsah, kam Sarah durch das Tor, und unsere Blicke trafen sich. Sofort vernahm ich ein verstärktes Pochen meines Herzens. Ihre Haare wehten im Wind, es hatten sich einige Schneeflocken in ihnen verfangen. Durch die Kälte, waren Sarahs Wangen leicht gerötet, was unglaublich süß aussah und mir ein Lächeln entlockte. Ihr dunkelgrüner Mantel unterstrich die leuchtend grünen Augen, und verlieh ihrer Ausstrahlung einen Hauch von Leichtigkeit.

Sarah schien nicht zu wissen, was sie von unserer Begegnung halten sollte und blieb unschlüssig stehen. Ihr Blick wanderte zwischen mir und dem Tor hin- und her.

»Hey, Sarah, du auch hier?«, fragte ich möglichst lässig, um sie in ein Gespräch zu verwickeln und sie somit vom Gehen abzuhalten. Mein Plan ging auf, denn nur wenige Sekunden später ließ sie sich neben mir auf die Bank fallen.

»Hallo, Jonas. Ähm … hättest du kurz Zeit?« Nervös knabberte sie auf ihrer Unterlippe herum und schaute zu Boden.

»Na klar, für dich doch immer«, antwortete ich ehrlich und schaute sie fragend an. Was konnte ein so tolles Mädchen wie Sarah nur so nervös machen?

»Es … es geht um gestern Abend«, begann sie zögernd. »Ich weiß, dass ich nicht besonders nett zu dir war, und das tut mir wirklich leid. Ich hab dein Verhalten als arrogant eingestuft und war unfair zu dir, doch das war nicht richtig. Du wolltest einfach nur freundlich sein, oder? Na ja, mit spontaner Freundlichkeit hab ich schlechte Erfahrungen gemacht … und ich dachte, dass du nur einen auf freundlich machst, nur um dich letztendlich doch als selbstverliebter Arsch zu entpuppen. Doch nachdem ich nun eine Nacht darüber geschlafen habe, denke ich, dass du nichts Böses im Schilde führst.«

Erstaunt sah ich Sarah an und lächelte. Wow, damit hatte ich nun gar nicht gerechnet. Ich hätte eher erwartet, dass sie mich darum bitten würde, Abstand zu ihr zu halten oder ihr morgen bei ihrer Strafarbeit auszuhelfen.

»Es muss dir nicht leidtun, Sarah. Ich weiß sehr wohl, dass es Männer gibt, die nur freundlich sind, wenn sie dich ausnutzen wollen. Und vermutlich mache ich mit meiner Kleidung und meinem Namen den Eindruck, dass ich ebenfalls zu diesen Männern zähle. Aber ich führe wirklich nichts Böses im Schilde. Was hältst du davon, wenn wir uns bei einem Spaziergang aussprechen und uns danach im Café aufwärmen?«

Freundschaftlich hielt ich ihr meine Hand hin, und nach kurzem Zögern schlug sie ein. Da es draußen kalt und stürmisch war, hielten sich im Botanischen Garten kaum Leute auf. Wir gingen schweigend nebeneinander her, während wir uns das Naturschauspiel anschauten. Ein paar Tiere kamen aus ihren Verstecken hervor, um nach Nahrung zu suchen und hier und dort wärmten sie sich an einander auf. Ein paar vorsichtige Sonnenstrahlen bahnten sich trotz Sturm ihren Weg durch die Wolken und verliehen dem Garten einen romantischen Touch.

»Wie kann es sein, dass du der Sohn von Markus Winterbach, aber gleichzeitig super freundlich bist?«, durchbrach Sarahs Stimme die Stille.

»Keine Ahnung«, lachte ich ehrlich auf und fuhr mir verlegen durch die Haare. So direkt auf das schreckliche Gebaren meines Vaters angesprochen zu werden, war mir etwas unangenehm.

»Weißt du, mein Bruder ähnelt meinem Vater sehr. Genau wie er ist Lukas der geborene Geschäftsführer und empfindet Geld und Erfolg als wichtigste Lebensziele. Bis vor Kurzem ging es mir auch so, aber nur, weil ich den mir vorgelebten Stil nie hinterfragt habe. Zwar habe ich zwischenzeitig versucht, meinen eigenen Weg zu gehen, habe aber nie mein Verhalten anderen gegenüber reflektiert. Doch ich schätze, dass ich meiner Mutter ähnlicher bin.«

Zum ersten Mal teilte ich diese Informationen mit einem Mädchen, und es fühlte sich unglaublich gut und befreiend an. Wie ein schwerer Stein, der mir vom Herzen fiel. Warum ich das Sarah anvertraute, die ich überhaupt nicht kannte und von der ich nur wusste, dass sie für meine Vater arbeitete und sehr hübsch aussah, wusste ich auch nicht. Aber es schien richtig zu sein.

»Dann ist deine Mutter also ganz anders?«, hakte Sarah neugierig nach und musterte mich vorsichtig von der Seite.

»Na ja, laut Erzählungen schon«, gestand ich und sah ihr direkt in die Augen. »Ich habe keine Erinnerung mehr an meine Mutter, da sie bei der Geburt meines Bruders gestorben ist und ich damals erst zwei Jahre alt war. Meine Großmutter hat mir aber viel über sie erzählt. Zum Beispiel, dass sie für ihre Großzügigkeit bekannt war. Dies hab ich als Kind öfter auch von Nachbarn gehört. Außerdem soll ich mein Talent zum Backen von ihr geerbt haben.«

»Das mit deiner Mutter tut mir leid.« Verlegen senkte Sarah den Kopf und fummelte an ihrer Wollmütze herum.

»Muss es nicht, ich bin es ja nicht anders gewöhnt. Für mich ist es normal, ohne Mutter aufgewachsen zu sein. Umso wichtiger war es mir, meinen Vater zu beeindrucken und ihn stolz zu machen. Ich schätze, dass ich deshalb nie seine Entscheidungen für mein Leben hinterfragt und einfach alles hingenommen habe, anstatt alleine über mein Leben zu bestimmen.« Gott, wie peinlich war das!

»Und du lässt es einfach zu, dass er dich vor anderen einen Tollpatsch nennt?«, erinnerte mich Sarah an diesen furchtbaren Moment vom Vorabend.

»Natürlich ist es falsch von ihm gewesen, sich so zu verhalten, aber im Stress rutschen ihm gerne mal solche Sachen raus. Weißt du, nach all den Jahren habe ich kein Interesse mehr daran, mich wegen jeder Kleinigkeit mit ihm anzulegen.«»Aber du bist doch ein erwachsener Mann, der selbstständig ist und regelmäßig seine eigenen Brötchen verdient ... nehme ich an. Ich finde, dein Vater hat kein Recht dazu, einfach weiter über dein Leben zu bestimmen. Es wird Zeit, dass du dich wehrst!«, empörte sich Sarah, und ihre grünen Augen funkelten mich herausfordernd an.«

»Ja, ich weiß ...«, gestand ich verlegen, musste sie aber innerlich bewundern.

Sarah war fünf Jahre jünger als ich und erkannte ohne Weiteres, was mir erst diesen Morgen schmerzlich bewusst geworden war. Unglaublich, wie blind ich gewesen war. »Aber keine Sorge, ich hab einen Plan. Nun aber genug von mir, erzähl mir etwas über dich. Weshalb hast du bei meinem Vater angefangen?«

Acht – Sarah

Wir betraten ein wunderschönes kleines Café am Rande der Innenstadt, das ich bisher noch nie aufgesucht hatte. Die Eigentümerin war sehr freundlich und zuvorkommend. Wie die meisten Menschen in der Stadt schien auch sie sich auf das Weihnachtsfest zu freuen und hatte ihr kleines Café liebevoll mit Krippenspiel, Weihnachtsmännern, Tannenbäumen, Schneeflocken und falschen Geschenken dekoriert. Die Holzvertäfelung und die weihnachtlichen Teelichter sorgten für kuschelige Gemütlichkeit. Der Duft von Kakao und frisch gebackenem Kuchen und Keksen stieg mir in die Nase und auf Anhieb fühlte ich mich fast wie zu Hause.

Nachdem wir uns kurz umgesehen hatten, suchten Jonas und ich uns einen Tisch am Fenster. Als wir unsere Jacken aufgehängt sowie Handschuhe, Mütze und Schal abgenommen hatten, setzen wir uns.

»Ich bin vor Kurzem fünfundzwanzig geworden. Also kein Kindergeld mehr, und zusätzlich muss ich monatlich die Krankenversicherung zahlen. Ich studiere, und mein richtiger Nebenjob fängt erst im Januar an. Irgendwie musste ich die Zwischenzeit ja überbrücken. Da hat es sich angeboten, vorübergehend auf dem Weihnachtsmarktstand deines Vaters auszuhelfen. Hätte ich gewusst, wie unfreundlich er ist, hätte ich wohl eher einen Privatkredit in Anspruch genommen.« Ich rieb mir meine leicht kalten Finger und sah mich nach der Bedienung um.

»Können deine Eltern dich nicht unterstützen? Oder hast du keine gute Beziehung zu ihnen?« Verwirrt schaute Jonas mich an.

War ja klar, dass er das nicht kannte.

Nachdem wir unsere Bestellung aufgegeben hatten, sagte ich: »Nicht jeder hat reiche Eltern, Jonas. Und meine Eltern und ich verstehen uns hervorragend. Beide verdienen nicht schlecht. Doch mein Studium können sie nicht bezahlen. Sie übernehmen zwar die Miete für mein Zimmer, doch für den Rest – Lebensmittel, Kosten für die Uni, Versicherung und Co. – muss ich selbst aufkommen. Daher habe ich einen Studienkredit und einen Nebenjob, auch wenn sich dadurch mein Studium zeitlich nach hinten verschieben wird.«

»Das klingt nicht besonders schön. Ist für solche Fälle nicht das Bafög gedacht?« Entrüstet und besorgt zugleich sah Jonas mich an, als stünde ich kurz vor meinem Ruin. Klar würde es nicht leicht werden, ungefähr dreißigtausend Euro zurückzuzahlen, und die Rückzahlung würde viele Jahre dauern, sodass andere Wünsche zurückstehen mussten. Aber immerhin konnte ich so studieren.

»Vergiss es!« Ich verdrehte die Augen. »Theoretisch gesehen hast du recht, praktisch jedoch bekommen viel zu wenig Studenten, die es dringend gebrauchen könnten, Bafög. Das liegt daran, dass leider nur auf das Bruttoeinkommen der Eltern geachtet wird und deren Ausgaben und Schulden keine Rolle spielen.«

Mein Herz raste vor Wut, als hätte ich einen Sprint hingelegt. Aufgebracht schloss ich die Augen, und zählte innerlich bis zehn. Als mein Puls sich wieder etwas beruhigt hatte, öffnete ich sie wieder.

»Sorry«, murmelte ich verlegen und nippte an meiner heißen Schokolade, die kurz zuvor gebracht worden war. »Es macht mich einfach so wütend, dass man glauben soll, in Deutschland sei das Studium ach so günstig und jeder könne sich das leisten!«

Jonas nickte, weil er wahrscheinlich genau wusste, wovon ich gerade sprach. Schließlich war er doch so ein reicher … Schnösel, wobei die Bezeichnung Schnösel wohl nicht auf ihn zutraf, so nett, wie er war.

»Da ich aber beruflich große Ziele habe, die einen geisteswissenschaftlichen Hochschulabschluss verlangen, und ich nicht bereit bin, einen Beruf zu erlernen, mit dem ich niemals glücklich werden könnte, nehme ich lieber hohe Schulden auf mich. Aber lass uns über was anderes sprechen, immerhin ist das nicht dein Problem.« Und außerdem saß ich hier gerade mit so einem süßen Typen zusammen. Vielleicht sollte ich mich besser auf ihn konzentrieren, anstatt ihn mit meiner schlechten Laune zu vergraulen.

»Was für berufliche Pläne hast du denn?« Jonas schien wirklich interessiert zu sein, und das stimmte mich versöhnlich.

Dankbar lächelte ich ihn an. »Na ja, am liebsten möchte ich nach meinem Master ein Volontariat in einem Buchverlag, bei der Zeitung oder in einer Literaturagentur machen. Später möchte ich mich entweder als Lektorin, mit einem eigenen Verlag, mit einer eigenen Zeitung oder als Literaturagentin selbstständig machen.«

Während wir den Kakao austranken und unsere Waffeln mit Sahne und heißen Kirschen verspeisten, erzählte ich ihm, dass ich wohl noch drei Jahre studieren müsste, es sei denn, ich würde schon mit dem Bachelorabschluss einen Volontariatsplatz erhalten.

»Du meintest vorhin, dass du leidenschaftlich gerne backst. Machst du das beruflich?« Interessiert sah ich ihn an und spielte unbewusst mit meiner Haarsträhne.

Amüsiert schüttelte er den Kopf und lachte, doch seine Augen blitzten verträumt auf, als er anfing zu erzählen: »Um Gottes Willen, nein. Mein Vater hätte das niemals zugelassen. Allerdings habe ich schon als Jugendlicher gerne gebacken und einige Rezepte von meiner Großmutter gelernt. Aber ja, es wär mein Traumjob gewesen. Bis heute vergeht kein Wochenende, an dem ich nicht in der Küche stehe und irgendwelche Leckereien für Freunde und Nachbarn zaubere.« Verlegen lächelte er mich an, als sei es ihm peinlich, über diese Leidenschaft mit mir zu sprechen. Unwillkürlich musste auch ich lächeln. So eine Unsicherheit hätte ich bei Jonas nicht erwartet, doch es gefiel mir. Die Ehrlichkeit und Verlegenheit, ließen ihn noch sympathischer rüber kommen und sein süßes Lächeln ließ mein Herz erneut höher schlagen.

»Also backst du sozusagen als Ausgleich zu deinem eigentlichen Job?«

»Unter anderem, ja. Aber ich hab auch noch andere Hobbys. Ich liebe die Musik und spiele Gitarre. Außerdem liebe ich es, in fremde Länder zu reisen und neue Kulturen kennen zu lernen. Und natürlich treffe ich mich regelmäßig mit meinem Kumpels. Ohne diese spaßigen Momente, hätte ich wohl schon längst meinen Beruf an den Nagel gehängt.«

»Ach wirklich?« Überrascht sah ich ihn an. Bisher hatte er einen ehrgeizigen und disziplinierten Eindruck auf mich gemacht und ich hätte nicht erwartet, dass er so unglücklich ist. »Das muss ja ein ziemlich langweiliger Job sein, wenn du so unzufrieden bist.«

»Kann man so sagen!« Erneut lachte Jonas auf, dieses Mal jedoch freudlos. »Ich bin Geschäftsführer in einer Marketingagentur, die eigentlich meinem Vater gehört. Früher gefiel es mir. All diese Verantwortung und dieser Reichtum können anfangs sehr verführerisch sein. Doch irgendwann wacht man auf und stellt die nüchterne Realität fest. Ich fand mich irgendwann in einer Welt gefangen, in der nichts mehr echt ist, und jeder sich selbst der Nächste ist. Alles muss perfekt ablaufen, und für Humor, Hilfsbereitschaft und Kreativität ist kein Platz. Hätte ich mir nicht meine Hobbys und die spaßigen Momente bewahrt, wäre ich wohl ebenso geendet wie mein Vater. Was sind deine Hobbys?« Nun lag es an mir, beschämt zu Boden zu schauen. Wie konnte ich ihn nur verurteilen? Noch nie war mir jemand gegenüber so ehrlich gewesen, dem ich erst kurz zuvor begegnet war. Die Vorstellung, mit solch herzlosen und egoistischen Menschen zu arbeiten, und jeden Morgen mit einem schlechten Gefühl aufzustehen, ließ in mir die Magensäure hochkommen. Um der bedrückenden Stimmung auszuweichen, lenkte ich das Gespräch auf Weihnachten.

Da wir uns gut verstanden, brachte er mich nach dem Cafébesuch nach Hause. Auf dem Weg erzählte ich ihm von meiner Leidenschaft für Bücher, die ich seit Kindertagen an hegte, und wir tauschten uns über unsere Kindheit aus. Obwohl ich nicht im Reichtum aufgewachsen war, wurde mir schnell klar, wie dankbar ich für meine Kindheit und meine Familie war. Zwar führte ich kein Luxusleben und würde mit großen Schulden in die Arbeitswelt einsteigen. Dafür hatte ich aber immer eine Familie, die mir in jeder Situation zur Seite stand und mich so liebte, wie ich war. Ich hatte Eltern, mit denen man rumblödeln konnte und bei denen die Spieleabende nie langweilig wurden. Mit anderen Worten: Ich hatte eine wunderbare Kindheit und eine noch bessere Familie.

Vor meiner Haustür angekommen, drückte ich Jonas noch einen Kuss auf die Wange und verabschiedete mich freudestrahlend. Der Nachmittag mit Jonas war schön gewesen und es machte mich glücklich, dass wir uns ausgesprochen haben. Mein schlechtes Gewissen, das am Morgen noch wie ein Stein auf meinem Herzen gelegen hatte, hatte sich aufgelöst und ich fühlte mich leichter als zuvor. Schon als Kind war ich ein Herzensmensch gewesen und fühlte mich bei jedem Streit schlecht. Bis auf wenige Ausnahmen, gab ich immer alles dafür, dass ich mich mit jedem wieder versöhnte. Nun, da ich mich bei Jonas entschuldigt hatte und kein schlechtes Gewissen hatte, konnte ich entspannter ans Lernen herangehen.

Neun – Sarah

»Wow, du strahlst ja richtig! Der Spaziergang hat dir echt gutgetan! Aber du warst ziemlich lange weg. Du bist bestimmt halb erfroren!«, rief Karin, als ich die Wohnung betrat.

Ich hängte meine Wintersachen an die Garderobe und schlüpfte aus den Stiefeln. Dann ging ich auf Socken in die Küche, wo Karin bereits Teewasser aufgesetzt hatte.

»Das mit dem Spaziergang war wirklich eine gute Idee!« Ich konnte mir ein Grinsen nicht verkneifen. Ich konnte einfach nicht aufhören, an Jonas zu denken.

»Was ist denn mit dir los?« Kopfschüttelnd betrat nun auch Chiara die Küche. »So gut gelaunt haben wir dich schon länger nicht erlebt, besonders nicht in der Prüfungsphase. Sicher, dass du gesund bist?«

»Ehrlich, mir könnte es nicht besser gehen.« Lächelnd setzte ich mich an den Tisch und starrte auf meine Teetasse. Normalerweise trank ich keinen Tee, aber Karin versuchte immer wieder, mich von diesem Getränk zu überzeugen.

»Ich glaube, sie ist verliebt«, grinste Chiara und setzte sich mir demonstrativ gegenüber. »Ich erkenne so was. Sie strahlt über das gesamte Gesicht, ist trotz miesem Wetter gut gelaunt und ist verträumter denn je!«

»Du könntest recht haben«, stimmte Karin nachdenklich zu und gesellte sich zu uns. »Doch wer ist der Glückliche? Ich habe sie nie von einem Typen schwärmen hören, geschweige denn sie in der Nähe von einem gesehen.«

»Okay, Mädels, das reicht! Ihr wisst schon, dass ich euch hören kann, ja?«, gab ich genervt von mir, doch das doofe Grinsen wollte einfach nicht aus meinem Gesicht weichen.

»Beantworte unsere Frage, und dann hast du deine Ruhe«, forderte Chiara.

»Als ob!« Lachend schüttelte ich den Kopf. Wenn Karin und Chiara etwas aus mir rauskriegen wollten, hörten sie nicht auf, bis sie alle Informationen aus mir herausgequetscht hatten. Außerdem war ich nicht verliebt! Ich mochte Jonas, keine Frage. Aber nach so kurzer Zeit konnte man doch kaum von Verliebtsein sprechen.

»Aha, es ist also dieser Jonas, über den du gestern noch geschimpft hast!«

Chiara mit ihren geradezu hellseherischen Fähigkeiten schaffte es immer wieder, mich zu verblüffen.

»Wie konnten wir das nur übersehen! Obwohl du gestern wie eine Verrückte über völlig normales Verhalten geschimpft hast. Du hast dich also mit ihm getroffen. Wart ihr verabredet, oder war es reiner Zufall?« Chiara war wie immer in ihrem Element. Ich wusste, sie würde mich ohne Antwort nicht gehen lassen. Verdammter Mist, ich hatte also erneut laut gedacht! Wann würde ich das endlich in den Griff bekommen?

»Ja, ich hab Jonas getroffen, aber das war zufällig. Ich hab mich für mein Verhalten entschuldigt, und wir haben uns ausgesprochen. Wir haben uns wirklich gut verstanden und ein wenig verquatscht, mehr ist nicht passiert. Ich schätze, dass wir Freunde geworden sind oder so was Ähnliches. Aber mehr ist da nicht!« Es konnte gar nicht mehr sein, schließlich kannte ich ihn erst seit Kurzem. Doch warum reichte nur der kleinste Gedanke an ihn, um mein Herz schneller schlagen zu lassen? War es die romantische Weihnachtsstimmung, die mich beeinflusste? Oder hatte ich mich doch verguckt? Immerhin soll es Menschen geben, die sich auf den ersten Blick verlieben…

»Okay, vielleicht bist du ja nicht verliebt. Aber doch zumindest ein wenig verknallt. So, wie du strahlst, hat das nichts mit reiner Freundschaft zu tun.

Was hast du jetzt vor? Hat er eine Freundin? Willst du ihn um ein Date bitten?«

Neugierig sah Karin mich an, und ich wusste, dass sie es ernst meinte. Na, immerhin hatte sie Chiaras dreiste Behauptung, ich sei nach nur wenigen Stunden in Jonas verliebt, relativiert. Und verdammt, sie hatte recht. Welchen Sinn machte es, dies weiter abzustreiten?

»Na gut, du hast recht, Chiara. Ja, Jonas ist echt süß, und womöglich hab ich mich in ihn verguckt. Er war ziemlich einfühlsam, zuvorkommend und verständnisvoll, so ganz anders als sein Vater. Wahrscheinlich bin ich dadurch ein wenig schwach geworden. Aber von der großen Liebe würde ich nicht reden.« Während ich so von ihm sprach, spürte ich ein aufgeregtes Kribbeln im Bauch, und mein Herz schlug einige Takte schneller.

»Noch nicht. Wer weiß, was sich da noch entwickelt!«, rief Chiara freudestrahlend und klatschte in ihre Hände. »Also, was wirst du tun?«

Ich trank einen Schluck Tee, um etwas Zeit zu gewinnen.

»Gar nichts! Abwarten, würde ich sagen. Außerdem … er ist ja der Sohn meines Chefs, das wäre echt unangebracht, mich an Jonas ranzumachen.

Zumindest im Moment. Nicht, dass Herr Winterbach mich doch noch feuert. Ich schätze, ich werde erst mal auf Freundschaft setzen und mal sehen, ob sich da mehr draus entwickelt!«

»Und wie sieht dein Jonas aus?«, fragte Chiara und beugte sich verschwörerisch nach vorn. Auch Karin, die sich schon zum Gehen abgewandt hatte, blieb stehen.

»Na schön, ihr gebt ja doch keine Ruhe, bis ich es euch gesagt hab. Er hat dunkelbraune, lockige Haare … also eine Wuschelfrisur. Seine Augen sind blau-grau, und wenn er lächelt, hat er so süße Grübchen. Ach so, und er ist einen Kopf größer als ich und sportlich. Zufrieden?«, erwiderte ich und verdrehte gespielt entnervt die Augen.

»Wow, ein richtiger Traummann für dich! Sicher, dass du es nicht sofort versuchen willst?« Nun war auch Karins Neugierde geweckt.

Seufzend fuhr ich mir durch die Haare. »Würde ich ja, aber das Risiko ist verdammt hoch. Nicht, dass mein Chef mich deswegen rausschmeißt und ich die nächsten Wochen nicht über die Runden komme. Und nachdem, was mein Ex gemacht hat, weiß ich nicht, ob ein Mann dieses Risiko wert ist. Ich überleg es mir.«

Meine Freundinnen schienen mit dieser Aussage zufrieden zu sein und verschwanden beide in ihren Zimmern. Ich jedoch blieb noch in der Küche sitzen und hing meinen Gedanken nach.

Wollte ich wirklich nur mit Jonas befreundet sein, wenn doch schon der Gedanke an ihn reichte, mein Herz zum Rasen zu bringen? Nachdem mein Ex mich vor zwei Jahren eiskalt betrogen und mir mein Herz gebrochen hatte, war Jonas der erste Mann, für den ich wieder etwas empfand. Ich war damals so verletzt, weil ich geliebt und vertraut hatte, aber erfahren musste, dass der Mann, dem ich mein Herz geschenkt hatte, es absolut nicht verdient hatte.

Sollte ich also jetzt riskieren, es erneut zu verschenken? Und damit vielleicht auch meinen lebensnotwendigen Job in Gefahr bringen? War Jonas überhaupt Single und an etwas Festem interessiert?

Den ganzen Sonntag über beschäftigten mich diese Gedanken. Nur mit Mühe schaffte ich es, meine Konzentration auf Karins Erklärungen zu Extensionen, Wahrheitstafeln und Mengentheorie zu lenken. Doch auch meine Freundin musste feststellen, dass ich nicht besonders aufnahmefähig war, und beendete die Lernsession nach etwa einer Stunde. Dankbar schlenderte ich in mein Zimmer und dachte über

Jonas und mich nach, bis ich nach Stunden in einen traumlosen Schlaf verfiel.

Zehn – Jonas

Gut gelaunt, wie seit Langem nicht mehr, stand ich auf und sang lautstark mit zu meinem Lieblingssong durch die Wohnung. Nie im Leben hätte ich damit gerechnet, dass Sarah mich so an sich heranlassen und mir ihre privaten Angelegenheiten verraten würde. Klar hatte ich erwartet, dass wir uns wieder vertragen würden, aber mit so einem guten Ausgang hatte ich nun wirklich nicht gerechnet. Hatte ich doch eine Chance, sie von mir zu überzeugen? Oder wollte sie nur Freundschaft? Doch was für ein Mann wäre ich, wenn ich es nicht zumindest versuchen würde?

Sie wusste es nicht, aber ich hatte ihr einiges zu verdanken, nachdem sie mir die Augen geöffnet hatte. In den letzten Jahren hatte ich meine Augen vor der Realität verschlossen und war Fremden gegenüber kalt und unnahbar geworden. Ich wusste nicht mehr, wie es sich anfühlte, einer fremden Person zu begegnen, die so natürlich und ehrlich war. Doch durch ihre

Begegnung merkte ich, wie mein Herz mehr und mehr auftaute und ich die Lust verspürte, wieder offener und bodenständiger zu sein. Nicht mehr nur an den nächsten großen Deal zu denken, sondern einfach im Hier und Jetzt zu leben. Meine Träume zu verfolgen, auch wenn es mit Risiken verbunden war. Natürlich hatte ich all dies vor vielen Jahren auch schon gespürt, doch mit der Zeit verdrängt. Ich weiß nicht, was Sarah an sich hatte, dass sie es schaffte, längst Verdrängtes wieder an die Oberfläche zu bringen, doch es gefiel mir. Es erinnerte mich daran, wer ich tief in mir wirklich war und dafür war ich ihr dankbar. Zudem schaffte sie es immer wieder, mein Herz höher schlagen zu lassen, ohne überhaupt in meiner Nähe zu sein. Vielleicht bildete ich es mir ja nur ein, aber ich hatte gestern das Gefühl, dass sie mich auch mochte, vielleicht sogar mehr als nur freundschaftlich.

Ich musste es einfach versuchen. Und heute würde ich damit beginnen.

Endlich entschlossen, bereitete ich mir in Rekordgeschwindigkeit mein Frühstück zu und machte mich zügig im Bad fertig, bevor ich erneut in die Küche ging.

Wie heißt es so schön: Liebe geht durch den Magen. Und wenn ich eines konnte, dann backen wie ein Weltmeister. Jeder, der je in den Genuss gekommen war, von meinen Leckereien zu probieren, war hellauf begeistert. Und gestern hatte ich gesehen, dass auch Sarah ein richtiges Leckermäulchen war. Sie mochte Süßes eindeutig, genau wie ich. Das sah man ihrem Körper zwar nicht an, machte sie mir jedoch sehr sympathisch. Möglicherweise war dies meine beste Chance, mich ihr gegenüber von meiner weichsten und privatesten Seite zu zeigen.

Lächelnd stellte ich mir vor, wie ich sie während ihrer Schicht auf dem Weihnachtsmarkt mit leckeren Keksen und Kakao überraschen würde. Gut gelaunt startete ich meine Playlist mit Weihnachtsliedern, und schon war ich in meinem Element.

Ich zauberte einen Keksteig, setzte mich hin und fing an, die Kekse auszustechen. Neben den typischen Weihnachtsformen wie Weihnachtsmann, Schlitten, Geschenke und Tannenbäume formte ich mit dem Messer auch einige Herzen. Kitschig, ich weiß, und so gar nicht männlich. Doch ich hatte mich ja dazu entschlossen, sie mit meiner romantischen und liebevollen Seite zu überraschen, und dazu gehörte nun einmal auch eine gewisse

Risikobereitschaft. Anschließend bestrich ich sie mit Zuckerguss und dekorierte sie mit verschiedenen Lebensmittelfarben. Besonders bei den Weihnachtsmännern brauchte ich mehrere Farben und gab mir da automatisch die größte Mühe.

Zufrieden mit meiner Arbeit schob ich die Kekse in den Backofen. Als sie fertig waren, wartete ich geduldig ab, bis sie abgekühlt waren und ich sie in eine Keksdose legen konnte.

Den restlichen Nachmittag verbrachte ich bei mir zu Hause. Aus der Agentur hatte sich niemand bei mir gemeldet. Das war mir auch recht so, schließlich ging ich davon aus, dass Lukas alles regeln würde.

Ich kontaktierte verschiedene Bäckereibesitzer, die ihr Geschäft entweder verkaufen oder vermieten wollten, und vereinbarte einige Treffen. Danach informierte ich mich über verschiedene gesetzliche Voraussetzungen und machte ein wenig Sport. Um sechzehn Uhr ging ich erneut duschen und zog mir das Weihnachtsmannkostüm an, das ich vor einigen Jahren von meinem Vater bekommen und ihm bisher nicht zurückzugeben hatte und legte den falschen Bart an.

Wenige Minuten später war ich auf dem Weihnachtsmarkt angekommen. Obwohl es erst halb fünf war, war schon einiges los. Das Bild am Nachmittag war immer ein anderes als abends, denn um diese Zeit waren hauptsächlich Familien und Teenager unterwegs, weshalb es friedlicher zuging und auch die Musik passender gewählt wurde.

Ich brauchte nicht lange zu suchen, um Sarah zu finden. Wow, sie gab eine unglaublich süße Weihnachtsfrau ab mit ihren leicht geröteten Wangen und diesen blonden Engelslocken. Besonders bei den Kindern kam sie sehr gut an und nahm sich für die kleinsten Besucher ausgesprochen viel Zeit. Das schien den Eltern gut zu gefallen, und so konnte ich beobachten, dass die Gespräche mit den Kostproben umso besser verliefen.

»Na, schon erfolgreich?«, fragte ich, nachdem ich mich unbemerkt an sie herangeschlichen hatte.

»Herrgott noch mal, Jonas!«, rief sie erschrocken aus und fasste sich automatisch ans Herz. Schelmisch grinste ich sie an und versuchte, meine plötzlich aufkommende Nervosität zu unterdrücken. Verdammt, sie sah echt süß aus, wie sie mich mit ihren großen Augen anstarrte, als hätte sie einen Geist gesehen.

»Was machst du denn hier, und dann auch noch im Kostüm?« Ihr lächelnder Blick glitt über mich, von oben nach unten und wieder zurück.

»Na was wohl, ich will dich unterstützen. Zu zweit lässt es sich schließlich besser sich blamieren, oder nicht? Außerdem habe ich dir ein wenig Nervennahrung mitgebracht. Selbst gemacht.« Nervös fummelte ich meinen Rucksack auf und holte die Kekse und zwei Thermoflaschen mit Kakao heraus.

Mit einem Mal strahlten ihre Augen. »Danke, das ist aber echt lieb von dir. Aber warum hilfst du mir? Das ist doch meine Strafarbeit.« Lächelnd nahm sie sich einen Keks in Tannenbaumform und biss vorsichtig ab. Sofort schloss sie die Augen und genoss jeden Bissen. »Mhh, lecker!«, kommentierte sie meine Leistung und nahm sich Nachschub.

Zufrieden grinsend beobachtete ich sie dabei, hielt gleichzeitig aber Ausschau nach weiteren Kunden. Nicht, dass Sarah erneut meinetwegen eine Abmahnung bekam.

»Freut mich, dass sie dir schmecken. Du kannst sie gerne alle mit nach Hause nehmen, ich hab sie nämlich für dich gebacken. Außerdem hast du meinetwegen die Strafe bekommen, da kann ich doch nicht wegschauen.«

»Na dann«, erwiderte sie grinsend und hakte sich bei mir unter. »Lass uns mal an die Arbeit gehen, Santa Claus.«

Lächelnd folgte ich ihrer Aufforderung. Heute war das Wetter etwas besser. Zwar war es immer noch kalt, und es schneite, dafür aber wehte kein Wind. Dadurch waren einige Familien mehr als Samstag auf dem Weihnachtsmarkt, was dem Geschäft meines Vaters sehr entgegenkam. Schon um neunzehn Uhr hatten Sarah und ich alle Kostproben und Flyer verteilt.

Obwohl mein Vater uns beide zusammen gesehen und skeptisch beäugt hatte, entschloss er sich dazu, nichts zu sagen und stattdessen lobte er Sarah für ihre gute Arbeit und ließ sie frühzeitig gehen. Sicherlich würde er mich später darauf ansprechen.

»Du hast meinen Feierabend gerettet, vielen Dank!«, rief sie, als wir vom Stand meines Vaters weggingen, und fiel mir ohne Vorwarnung um den Hals. Eine wohlige Wärme breitete sich in mir aus und ich konnte mir ein Grinsen nicht verkneifen. Automatisch zog ich sie noch näher an mich heran und atmete ihren Duft ein. Sie roch nach Vanille und Zimt. Für diese Reaktion nahm ich gerne Ärger mit meinem Vater auf mich. Ich hätte sie ewig so halten können, jedoch löste sie sich kurz darauf von mir.

»Tja, und was machst du jetzt mit deiner Freizeit?«

»Das ist eine gute Frage. Wie wäre es, wenn du mir deine Wohnung zeigst und mir beibringst, wie man so verdammt gute Kekse macht? Ehrlich, das sind die besten, die ich je hatte, und damit könnte ich zu Hause einen guten Eindruck machen.«

Mein Herz hämmerte wie wild in meiner Brust, als sie diesen Vorschlag machte. Sie wollte mit zu mir? Oh Gott, damit hatte ich gar nicht gerechnet. Obwohl die letzten Stunden traumhaft verlaufen waren – wir hatten viel zu lachen gehabt und auch ein wenig geflirtet, hatte ich diese Reaktion nicht erwartet. Doch vor ihr wollte ich auf keinen Fall unsicher und verklemmt wirken.

»Du willst also, dass ich dir mein Geheimrezept verrate? Wieso sollte ich dir dieses unbezahlbare Glück zukommen lassen und meinen Ruf als Backkönig an dich abtreten?«, forderte ich sie amüsiert heraus.

»Du meinst wohl *Backkönigin*!«, korrigierte sie mich gespielt beleidigt und stieß mir in die Seite. »Wer hätte gedacht, dass hinter dem selbst ernannten Backkönig ein Angsthase steckt, der Angst davor hat, gegen mich zu verlieren!«

»Tz, Angsthase!«, gab ich gespielt abfällig von mir und sah sie herausfordernd an. »Als ob *du* auch nur die geringste Chance gegen mich hättest!«

»Wetten?« Ihre herrlich grünen Augen funkelten amüsiert und zogen mich magisch an.

Noch bevor ich in der Lage war, eine Antwort zu formulieren, grinste ich wie ein Junge am Weihnachtsabend, und wir beide wussten, dass ich diese Herausforderung nicht ablehnen konnte.

Elf – Sarah

Lachend schloss Jonas seine Wohnung auf und ließ mich zuerst eintreten.

Wir zogen unsere Jacken und die Winterschuhe aus. Neugierig bahnte ich mir meinen Weg durch seine vier Wände. Seine Wohnung war deutlich persönlicher, als ich es von einem Geschäftsmann erwartet hätte. Statt einer modernen Einrichtung in Hochglanz-Schwarz-Weiß erwartete mich ein Wohnzimmer zum Wohlfühlen. Alle Wände waren in Weiß gestrichen, nur die Wand, vor dem der Fernseher stand, war in Beige mit weißen Rändern. Dort

stand eine bequeme Couch aus Stoff, dekoriert mit
Kissen, gegenüber der Fernseher. Zwei Schränke aus
hellem Eichenholz hingen daneben, sie waren mit
Souvenirs aus verschiedenen Städten dekoriert. An
der Wand daneben hingen Bilder von Großstädten,
unter anderem von New York Citys bekannten Big
Apple und dem London Eye. Besonders beeindruckte mich ein Bild, das von einem Hoteldach aus
geschossen wurde und einen Panoramablick über
Manhattan zeigte und Fotos von ihm und ein paar
anderen jungen Männern in seinem Alter, vermutlich seinen Kumpels, sowie von ihm Daneben hing
ein Foto von ihm einer älteren Frau, die vielleicht
seine Großmutter war. Auf dem Wohnzimmertisch
aus Eichenholz und auf der Fensterbank standen
verschiedene Pflanzen. An einer Wand lehnte eine
Gitarre.

»Ist das deine?«, fragte ich neugierig und ging auf
das Instrument zu.

»Ja, die habe ich von meiner Großmutter zum
fünfzehnten Geburtstag bekommen. Zum Entsetzen
meines Vaters hat sie zudem meinen Gitarrenunter-
richt bezahlt.« Lächelnd reichte er sie mir, damit ich
sie besser betrachten konnte. »Nicht mehr das

neueste Modell, aber ich bevorzuge Akustikgitarren gegenüber E-Gitarren«, erklärte er verlegen.

»Das finde ich großartig. Spiel mir bitte was vor!«, rief ich aus und hüpfte wie ein kleines Kind auf und ab. Schon früher hatte ich eine Schwäche für Jungs gehabt, die Gitarre spielen konnten. Dass Jonas es konnte, machte ihn noch reizvoller für mich.

»Ich dachte, du willst mich beim Backen herausfordern?«, fragte er amüsiert und zog skeptisch seine linke Augenbraue hoch.

»Ja und? Das können wir auch danach. Oder muss der kleine Jonas ins Bett?« Ich war im Moment echt albern aufgelegt, vielleicht lag es ja an den vielen kleinen Kindern, mit denen ich heute gesprochen hatte.

»Kleiner Jonas?« Lachend kam er auf mich zu, hielt mich Arm fest und kitzelte mich. Quietschend schlug ich um mich und versuchte verzweifelt, mich zu befreien. Ohne Erfolg.

»Lass mich los!«, juchzte ich zwischen mehreren Lachern. »Biiitteee!«

»Sag, dass es dir leidtut«, antwortete er provozierend und machte einfach weiter.

»Okay, okay, es tut mir leid«, rief ich völlig außer Atem.

Zum Glück setzte er mich auf dem Sofa ab und ließ sich neben mir nieder.

»Was soll ich denn spielen?« Jonas sah mich fragend an.

»Coming Home for Christmas! Ich liebe das Lied.« Erwartungsvoll klatschte ich in die Hände.

Lachend kam er meinem Wunsch nach und spielte die beste Version, die ich je gehört hatte. Gemeinsam sangen wir den Text. Draußen begann es erneut zu schneien, doch ich achtete nicht lange darauf. Viel zu sehr genoss ich unser Duett. Es erinnerte mich an mein siebtes Weihnachten als wir meinen Großvater in seiner Berghütte in der Schweiz besucht hatten. Die Hütte war klein, aber durch die Holzvertäfelung sehr gemütlich. Im Wohnbereich hatte er einen Weihnachtsbaum aufgestellt und während die ganze Familie zusammen *Coming Home for Christmas* sang, schmückte ich voller Inbrunst den Baum. Mein Großvater hatte frische Plätzchen gebacken und Kakao gekocht und der Duft von Keksen, Schokolade und Zimt erfüllten den ganzen Raum. Überall leuchteten Weihnachtssterne, Kerzen und Lichterketten. Jeder von uns trug selbstgestrickte Weihnachtspullover und dicke Socken, die meine Mutter in den Wochen zuvor mit ganz viel Liebe gestrickt hatte.

Draußen begann ein Schneesturm, während wir uns drin am Kamin aufwärmten. Überglücklich stürzte ich mich auf die Geschenke unter dem Tannenbaum und verteilte stolz selbst gemalte Bilder. Es war das schönste Weihnachten meines Lebens gewesen und dank Jonas schwelgte ich erneut in diesen Zeiten. Zufrieden mit der kleinen Privatvorstellung, applaudierte ich begeistert, als er den letzten Ton anschlug. »Das war großartig.«

Jonas legte die Gitarre beiseite und reichte mir seine warme Hand. »Danke. Wollen wir jetzt in die Küche gehen? Dann zeige ich dir die Rezepte, und wir liefern uns das Duell. Gewinnst du, spiele ich jeden Song, den du hören willst, sofern ich ihn kann. Gewinne ich, hab ich einen Wunsch frei. Deal?«

»Deal!« Herausfordernd sah ich ihn an und schlug ein. Das machte richtig Spaß. »Zuvor sollten wir uns aber umziehen. Ich weiß ja nicht, wie es dir geht, aber mir ist in diesem Kostüm höllisch warm. Wo ist dein Bad?«

Zum Glück hatte ich heute nicht meine weite Jeans und meinen ausgeleierten dicken Pulli unter das Kostüm angezogen. Stattdessen zog ich mir einen weinroten Pullover und eine schwarze Röhrenjeans an. Meine Haare band ich zu einem leichten

Zoff zusammen. Als Jonas aus seinem Schlafzimmer kam, trug er eine Bluejeans mit verwaschenen Stellen und einen schwarzen Pullover. Dazu hatte er dicke Weihnachtssocken mit Rentieren angezogen und hielt mir ebenfalls ein Paar hin. Nachdem wir beide uns umgezogen hatten, führte Jonas mich in seine Küche. Drei der vier Wände waren in einem angenehmen Orange gestrichen, die Farbe erinnerte mich an ein Kaminfeuer, die andere in Rot. Die Möbel waren alle aus Eichenholz, und die Fliesen sahen aus wie Marmor. Während ich mich umsah, hatte Jonas in der Zwischenzeit eine nach Zimt und Orange duftende Kerze angezündet. Auf der Fensterback stand ein Hund mit Wackelkopf, der in einem Schaukelstuhl saß und eine Weihnachtsmütze trug. Seine klugen Augen leuchteten durch eine silberfarbene Brille. Der Anblick erinnerte mich an meinen Onkel und ließ mich schmunzeln. Daneben lag ein kleiner Adventskranz, der nach Kiefer, Wald und Wachs roch. Die kleinen eingearbeiteten Zimtrollen harmonierten mit dem Duft der Kerze. Am Fenster hing ein Weihnachtsstern, der in verschiedenen LED-Farben aufblinkte.

Jonas führte mich zum Tisch.

»Willst du was trinken?«, fragte er und ging zum Küchenschrank.

»Ein Wasser wäre cool.« Dankbar setzte ich mich hin und nahm mein Glas entgegen. Kurz darauf kehrte Jonas mit einigen Zutaten und Backutensilien zu mir zurück und stellte sie auf dem Tisch ab.

»Wir bereiten zuerst unseren Keksteig vor, anschließend den Zuckerguss. Damit er nicht hart wird, bevor die Kekse fertig sind. Danach kommt alles für ein paar Minuten in den Ofen. Zudem kannst du, je nach Geschmack, deine Kekse mit Lebensmittelfarbe und Schokostreuseln dekorieren. Hier ist mein Rezept. Ich gebe dir fünf Minuten zum Durchlesen, dann fangen wir an.«

»Kann ich auch Kakaopulver haben?«, fragte ich scheinheilig nach, als mir eine geniale Idee kam. »Und ich bräuchte drei Schüsseln.«

»Wozu das denn?« Skeptisch sah Jonas mich an.

»Wirst du sehen, wenn ich fertig bin. Wenn ich Backkönigin werden und eine faire Chance gegen dich Experten haben will, muss ich auch eigene Ideen reinbringen.«

»In Ordnung, ist nur fair. Aber wenn es schlecht ausgeht, bist du selbst schuld.«

<u>Weihnachtsplätzchen für vier Personen:</u>

250 g Butter

125 g Zucker

500 g Mehl

2 Eier

0,5 Päckchen Vanillezucker

0,5 Päckchen Backpulver.

Zubereitung:

1. Alle Zutaten in eine Schüssel geben und zu einem glatten Teig verkneten.

2. Den Teig ausrollen und verschiedene Figuren in den Teig stechen.

Anschließend die Plätzchen auf ein Backblech legen.

3. Die Plätzchen bei 185° C etwa 15 Minuten backen, bis sie goldbraun sind.

4. Mit Zuckerguss überstreichen und anschließend mit Lebensmittelfarbe und

Streuseln dekorieren.

Zuckerguss:

Je nach Menge Puderzucker und Wasser verrühren. Für 30 Plätzchen sind das 250 g Puderzucker und 3 bis 4 Esslöffel Wasser. Je flüssiger der

Zuckerguss sein soll, desto mehr Wasser wird benötigt. Für den Geschmack kann der Puderzucker auch mit Zitronensaft, Kirschsaft, Rum, Wein oder anderen Getränken als Ersatz für das Wasser gemischt werden.

Nachdem ich Jonas ein Zeichen gegeben hatte, dass ich mit dem Lesen fertig war, stellte er eine Art Trennwand zwischen uns auf – und dann fingen wir beide mit dem Backen an.

Für den Teig hielt ich mich akribisch an sein Rezept. Beim Zuckerguss ging ich zweigeteilt vor. In eine Schüssel kamen Wasser und Puderzucker, in der zweiten Schüssel fügte ich ein wenig Kakao hinzu. Die Ausstecher lagen in der Mitte, sodass wir beide uns daran bedienen konnten. Während unseres Wettstreits liefen die besten Weihnachtslieder, zu denen Jonas und ich mehr oder weniger gut mitgrölten. Ich fühlte mich so frei und unbeschwert wie lange nicht mehr. Die Klausur war vergessen, die finanziellen Sorgen waren wie weggeblasen – es zählte nur noch das Hier und Jetzt. Und hier und jetzt wollte ich als Gewinnerin aus dem Wettbewerb hervorgehen.

Als wir beide mit unseren Plätzchen fertig waren und sie jeweils auf einem Backblech verteilt hatten, gaben wir sie in den Ofen. Während der gesamten Backzeit standen wir nah beieinander am Tisch, starrten unablässig auf den Ofen, sprachen kaum ein Wort, und jeder hoffte auf den Sieg.

Nach fünfzehn Minuten war es so weit, und wir holten die Schätze zum Abkühlen heraus. Dann kümmerten wir uns um den Zuckerguss.

Als Jonas meine Kekse entdeckte, ging ihm wohl ein Licht auf. »Dafür brauchtest du also das Kakaopulver. Keine schlechte Idee.«

Ich grinste über beide Ohren. »Ich hoffe nur, dass es auch schmeckt.« Sehnsüchtig starrte ich auf mein Werk und konnte es kaum erwarten, dass meine Plätzchen abkühlten. Als es endlich so weit war, griff ich mir einen mit normalem und einen mit schokoladenem Zuckerguss. »Mhh.« Ich war glücklich, denn meine Plätzchen waren süß und saftig.

»Darf ich auch mal probieren?« Neugierig näherte er sich meinem Experiment und begutachtete es, als gäbe es einen Preis dafür.

»Klar, ich muss ja auch von deine kosten. Wie sollen wir sonst den Gewinner küren?« Ohne weiter abzuwarten, bedienten wir uns jeweils an den

Plätzchen des anderen und schlugen uns die Bäuche voll. Sowohl seine als auch meine schmeckten unglaublich lecker.

»Also ich finde, dass ich gewonnen habe!«, riefen wir beide gleichzeitig.

»Tz, als ob du besser warst als ich. Ja, deine Kekse sind verdammt gut, aber meine sind besser.« Demonstrativ baute er sich neben seiner Keksdose auf.

»Du hast ja auch mehr Erfahrung als ich. Dafür habe ich den Mut gehabt, etwas Neues auszuprobieren. Das muss zählen.«

»Tut es auch – für einen guten zweiten Platz!«

Da keiner von uns beiden nachgeben wollte, und wir beide irgendwie unheimlich albern waren, fanden wir uns kurz darauf in einer wahren Küchenschlacht wieder. Dabei beschmierten wir uns mit übrig gebliebenem Keksteig und bewarfen uns mit bunten Streuseln. Zu meinem Pech gewann Jonas diese Schlacht eindeutig, da meine Kleidung schmutziger war und Jonas Kugeln aus Keksteig mich öfter getroffen hatten, als meine Kugeln ihn.

»Damit wäre das ja geklärt!«, verkündete er und warf mich aufs Sofa. Grinsend beugte er sich über mich. »Wer ist der Sieger?«

»Na ich!«, erwiderte ich keck und grinste ebenfalls. Ein großer Fehler, da ich nun erneut durchge-
kitzelt wurde.

»Hör auf!«, jauchzte ich und war erneut dazu ge-
zwungen, um meine Freiheit zu kämpfen. Als ich
keinen anderen Ausweg sah, zog ich ihn spontan
nah an mich heran, in der Hoffnung, ihn mit meinem Todesblick zu besiegen. Doch als er mir in die
Augen sah, schien meine Welt stehen zu bleiben. Alles um mich herum verschwamm, wie in einem Stru-
del. Alles, was ich sah, war das intensive Blaugrau
seiner Augen, die mich magisch anzogen. Egal, wie
sehr ich es wollte, ich war gefangen und konnte
mich nicht losreißen.

Plötzlich hämmerte mein Herz wie wild, und
mein Mund wurde staubtrocken, dass ich mir mit
der Zunge die Lippen befeuchten musste. Meine
Hände waren auf einmal schweißnass, und ich blieb
wie angewurzelt liegen. Jonas schaute mich so intensiv an, dass ich genau spürte, dass er genauso fühlte
wie ich. Instinktiv zog ich ihn noch näher an mich
heran, bis sich unsere Lippen berührten.

Zwölf – Jonas

Mein Herz pochte wie wild und drohte, zu explodieren. Alles fühlte sich wie in Zeitlupe an, je näher ich ihr kam. Als mein Gesicht nur noch wenige Zentimeter von ihrem entfernt war, nahm ich ihren angenehmen Duft wahr. Sie roch nach Vanille und Zitrone – und nach frischen Keksen. In dem Moment, in dem unsere Lippen sich berührten, schien meine Welt stehen zu bleiben und Glückshormone durchfluteten meinen Körper, als wäre ich in einen Topf voll Süßigkeiten gefallen. In diesem Moment war ich der glücklichste Mann und fühlte mich übermächtig. Ich konnte und wollte mich nicht zurückhalten und zog Sarah auf meinen Schoß. Sie schmeckte unglaublich gut, und ich hätte ewig so weitermachen können, doch nach viel zu kurzer Zeit löste sich Sarah von mir.

»Entschuldige«, murmelte sie verlegen und schaute beschämt zu Boden. »Ich hätte das nicht tun dürfen. Ich sollte …«

»… bleiben und mich noch mal küssen?«, schlug ich amüsiert und hoffnungsvoll zugleich vor und versuchte, die Enge in meiner Hose zu ignorieren.

»Ich meins ernst!«, rief sie und hielt ihren Blick weiter gesenkt.

Sanft beugte ich mich zu ihr vor und hob ihr Kinn mit meinem Zeigefinger an. »Ich auch, Sarah. Denn mir hat das eben gut gefallen. Ich mag dich wirklich sehr. Und das sage ich nicht, um dich ins Bett zu bekommen.«

»Ach wirklich?« Vorsichtig hob sie ihren Kopf und sah mich skeptisch an. »Du wärst nicht der erste Kerl, der das behauptet, nur um mich wenige Monate später mit einer dahergelaufenen Tussi aus dem Internet zu betrügen. Woher soll ich wissen, ob du das auch so meinst? Wir kennen uns kaum, und ich weiß, dass viele sich nur für meinen Körper interessieren. Wieso sollte es bei dir anders sein?«

Erschrocken über diese Beichte und den Schmerz in ihren Augen, musste ich heftig schlucken. Wie konnte ein Mann ihr das nur antun? Sie musste schrecklich gelitten haben. Die Vorstellung, dass jemand Sarah so behandelt hatte, versetzte meinem Herzen einen Stich. Sarah war das liebste, süßeste, ehrlichste und humorvollste Mädchen, das ich je getroffen hatte, und dazu war sie auch noch bodenständig und selbstständig. Jeder Mann der Welt konnte sich glücklich schätzen, sich an ihrer Seite zeigen zu dürfen. Und dieser Mistkerl hatte das einfach ausgenutzt und weggeworfen! Unglaublich!

»Sarah, bitte, sieh mich an. Und hör mir genau zu!«, forderte ich sie vorsichtig auf und legte meine Hand auf ihre rechte Wange. »Ich weiß, dass wir uns erst vor zwei Tagen begegnet sind und uns kaum kennen. Und ich weiß auch, dass man nach so kurzer Zeit wohl kaum von Liebe und Zukunft sprechen kann – und das will ich auch gar nicht. Aber ich weiß, was du in mir auslöst, und dass das, was ich für dich empfinde, was immer das auch sein mag, echt ist. Du bringst mich zum Lachen wie keine andere und hilfst mir dabei, der Mann zu sein, der ich immer sein wollte.«

Sarah schluckte, und ihre schönen Augen wurden ganz groß.

»Du hast mir gezeigt, dass Geld nicht alles ist, und es das größte Glück auf Erden ist, seine Träume wahr zu machen. Ganz egal, wie lange und wie hart man dafür kämpfen muss. Du hast mir gezeigt, wie schön es ist, sich auch mal fallen zu lassen und auf sein Herz zu hören, anstatt alles durchzuplanen. Immer wenn ich in deiner Nähe bin, bin ich glücklich und fühle ich mich wohl. Du hast recht, wir stehen erst am Anfang und wissen nicht viel voneinander. Und ich weiß nicht, wie es dir geht, aber für mich fühlt es sich an, als würden wir uns schon ewig kennen. Bitte, lass es uns versuchen.«

Sprachlos sah Sarah mich an. Sie schien das Gesagte verarbeiten zu müssen, und ich konnte ihren Gesichtszügen ansehen, wie es in ihrem Kopf ratterte. Bei ihrer Vorgeschichte – so wenig ich auch bisher darüber wusste – war dies auch kein Wunder. Dann senkte sie wieder den Kopf.

Als sie nach einigen Minuten noch immer wie versteinert vor sich hinstarrte, dann aufstand, als wollte sie gehen, startete ich den nächsten Versuch. »Sarah? Ich weiß, das war eben viel Input, aber bitte sag doch was! Irgendwas!«

»Jonas, ich mag dich auch sehr gerne«, fing sie zaghaft an und knetete dabei ihre Finger. »Wirklich. Am liebsten würde ich mich in deine Arme fallen lassen und dir jedes Wort glauben. Aber das geht nicht. Was ist mit deinem Vater? Der wäre bestimmt nicht begeistert! Was, wenn er mich feuern würde? Außerdem gehörst du zu den Reichen und hast einen ganz anderen Bekanntenkreis als ich. Die würden bestimmt über dich herziehen, wenn du plötzlich mit einem einfachen Mädchen aus einer Arbeitnehmerfamilie ausgehen würdest. Mich akzeptiert in deinem

Umfeld garantiert niemand! Ich schätze, so gerne ich es mit dir probieren würde, dass wir als Freunde besser aufgehoben wären.«

Kaum hatte sie dies gesagt, schimmerten Tränen in ihren Augen. Sie wandte sich zum Gehen. »Danke für den schönen Abend. Ich hatte wirklich viel Spaß.«

»Warte, bitte!«, rief ich und rannte ihr hinterher. Ich hatte im Moment das Gefühl, alles zu verlieren, was mir so viel bedeutete. An der Tür schnappte ich mir ihren Arm und drehte sie entschlossen zu mir um. »Verstehst du denn nicht, dass es mir egal ist, ob mein Umfeld dich akzeptiert? Tun sie es nicht, muss ich nichts mehr mit ihnen zu tun haben. Mein Vater wird sowieso meinetwegen sauer sein. Aber ich lasse es nicht zu, dass er es an dir auslässt. Er wird dich nicht feuern, dafür werde ich sorgen.«

Unentschlossen blieb sie in der Tür stehen und knabberte auf ihrer Unterlippe herum. Sarah atmete tief durch, ging auf mich zu und fiel mir um den Hals. »Na schön, ich vertraue dir. Aber ich warne dich. Brichst du mir mein Herz, wirst du es bitter bereuen!«

Dankbar zog ich Sarah, meine Sarah, an mich und küsste sie erneut. Ich hätte den ganzen Abend so verharren können, doch leider war es schon spät, und ich wusste, dass sie mit ihrer Freundin zum Lernen verabredet war. So gerne ich sie bei mir behalten hätte, ließ ich sie doch schweren Herzens los und zog mir Schuhe und Mantel an. Meinetwegen sollte Sarah nicht durch ihre Prüfung fallen.

»Was hast du denn vor?«, fragte sie neugierig.

»Ich bringe dich nach Hause. Es ist schon spät, und ich will nicht, dass dir was passiert.« Lächelnd gab ich ihr ihre Jacke.

»Danke. Aber das musst du nicht, ich wohne nicht weit von hier und kann gut auf mich aufpassen.«

»Aber ich will!«, antwortete ich entschlossen und schnappte mir meinen Schlüssel.

Händchenhaltend liefen wir durch die verschneite Innenstadt und genossen die letzten Minuten zusammen. Der Sturm hatte sich gelegt und vor uns war ein Winterwunderland entstanden. Der Schnee hatte sich auf alle Hausdächer und auf die Straßen gelegt, als wollte er die ganze Welt zudecken und in einen Dornröschenschlaf versetzen. Die Menschen liefen kreuz und quer durch die Gegend und hinterließen ihre Fußspuren. Lachende Kinderstimmen hallten von den Häusern zu uns herüber und ich sah einige ältere Jungen und Mädchen mit ihren Schlitten zügig nach Hause laufen. Von geöffneten Fenstern, drangen der Duft nach frisch gebackenen Plätzchen und Melodien bekannter Weihnachtslieder nach draußen. Die romantische Stimmung unserer Umgebung übertrug sich auf uns, und so holten wir aus dem kurzen Weg möglichst viele Minuten heraus. Wir blieben vor dem völlig verschneiten Gänselieselbrunnen stehen und machten ein Selfie zusammen. Wir alberten rum, und Sarahs Lachen war sicher noch am anderen Ende der Stadt zu hören. Wäre es nach mir gegangen, hätte dieser Moment nie geendet.

Dreizehn – Sarah

Trunken vor Glück lief ich neben Jonas her und hätte am liebsten den ganzen Abend mit ihm verbracht. Mich ihm anzuvertrauen, war schwierig gewesen und hatte mich viel Mut gekostet, doch es hatte sich gelohnt. Es war lange her, dass ich so glücklich gewesen war, besonders an der Seite eines Mannes. Klar ging ich ein Risiko ein, schließlich kannte ich Jonas kaum, aber mein Herz wollte ihm unbedingt vertrauen. Ich hoffte, dass dieser Moment nie enden würde, doch leider standen wir viel zu früh vor meiner Wohnungstür.

»Tja«, sagte Jonas enttäuscht und schaute zur Tür. »Da wären wir dann.«

»Ja, allerdings«, erwiderte ich ebenso resigniert und sah ihm die Augen. »Danke nochmals für diesen traumhaften Abend. Es ist lange her, dass ich so viel Spaß hatte. Aber ich schätze, die Mädels hören uns schon und warten ungeduldig auf mich. Ich würde dich ja hereinbitten und dich vorstellen, doch den Gang in die Löwenhöhle werde ich dir heute erspa- ren. Glaub mir, auf diese ganzen Fragen und das viele Gekicher und Geplapper hast du garantiert keine Lust. Aber wir werden es nachholen, versprochen.«

Jonas' Gesichtsausdruck verriet, dass er das alles lieber ertragen würde, als mich jetzt gehen zu lassen, aber er wusste, dass ich Zeit brauchte und nicht noch mehr überstürzen wollte. Zum Glück schien er es zu verstehen, denn er lächelte gequält und nickte. »Ich versteh es ja. Ich hab auch noch einiges zu erledigen. Schickst du mir das Selfie?«

»Per Post … oder gibst du mir vielleicht doch noch deine Nummer?« Provokant grinste ich ihn an.

»Oh, richtig. Daran hatte ich gar nicht mehr ge- dacht.« Amüsiert gab er mir seine Nummer, und ich ihm meine. Danach verabschiedeten wir uns mit einem langen zärtlichen Kuss, bevor ich schweren Herzens die Wohnung betrat.

Wie erwartet, hatten Karin und Chiara an der Wohnungstür gelauscht, waren aber zügig ein paar Schritte zurückgetreten, während ich die Tür aufschloss. Verdammt, ich hatte so gehofft, dass sie in ihren Zimmern sein und Musik hören würden. Aber nein, sie mussten mal wieder alles mitbekommen, was nicht für ihre Ohren gedacht war. Na super, das würde ein interessanter Abend werden!

Vorsichtig hob ich meinen Kopf und sah die beiden direkt an. Chiaras Augen glitzerten vor Freude, und ich wollte mir gar nicht vorstellen, wie viele Fragen ihr auf der Zunge brannten! Karin sah mich ebenso neugierig, amüsiert und interessiert an und zeigte stumm mit der Hand zur Küchentür. Verlegen folgte ich den beiden und bereitete mich auf das unausweichliche Verhör vor. Kaum saß ich, ging es auch schon los.

»Von wegen, man könne nicht von Liebe sprechen und du würdest es erst einmal mit Freundschaft versuchen! Hattest du von Anfang an vorgehabt, uns zu belügen, oder wurdest du einfach schwach?« Obwohl es wie ein Vorwurf klang, meinte sie es nicht so.

Chiara hatte einfach Probleme damit, ihr Temperament in den Griff zu bekommen.

»Sorry, ich weiß, wie das wirken muss. Aber ehrlich, das war nicht geplant! Wirklich nicht. Ich wollte ihm widerstehen, aber er, seine Argumente und vor allem seine Kekse sind einfach nur verführerisch.« Um meine Aussage zu untermauern, hielt ich ihnen den gut duftenden Beweis unter die Nase.

»Wie kommst du denn an diese Kekse heran?« Neugierig schnappte sich Karin einen und schloss genussvoll ihre Augen. Chiara tat es ihr nach.

»Verdammter Mist, die sind gut!«, rief Chiara zwischen zwei Keksen und griff sofort ein drittes Mal zu. »Kein Wunder, dass du schwach wurdest! Aber mal ehrlich: Diese Wunderteile sind doch nicht der einzige Grund für euer heftiges Rumgeknutsche eben, oder? So leicht käuflich kennen wir dich nämlich nicht. Oder liegt es etwa an der vorweihnachtlichen Stimmung, die jedes Jahr die sonst so gut versteckte Romantikerin in dir herausholt, und daran, dass der letzte Typ, dem du so nah kamst, vor zwei Jahren aus deinem Leben verschwunden ist?«

Gespielt beleidigt schlug ich sie am Unterarm, konnte aber nicht wirklich böse sein. Denn Chiara hatte recht: Normalerweise war ich rational und ließ mich nicht oft von Gefühlen leiten, doch der Dezember hatte immer diese seltsame Wirkung auf mich. So auch dieses Jahr. Da ich wusste, dass mich die beiden Mädels erst in Ruhe lassen würden, wenn ich ihnen die ganze Geschichte erzählt hatte, machte ich mir einen Kakao und berichtet alles von dem Moment an, in dem mich Jonas als Weihnachtsmann überrascht hatte.

Vierzehn – Jonas

Mein Wecker klingelte um acht Uhr, und ich stand genervt auf. Ich hatte die halbe Nacht nicht schlafen können, denn es war mir noch immer unbegreiflich, dass ich Sarah tatsächlich von mir überzeugen konnte. Am liebsten wäre ich noch länger liegen geblieben und hätte an den schönen Montagabend gedacht, doch ich hatte in zwei Stunden einen Besichtigungstermin in einer Bäckerei. Danach wollte ich mich mit Sarah treffen.

Seit fünf Tagen waren wir nun zusammen, und sie wollte mir unbedingt ihre beiden Freundinnen vorstellen. So sehr ich mich über unsere Beziehung freute, brachte sie auch einige Angelegenheiten und Probleme mit sich, die ich Sarah und mir zuliebe schnellstmöglich geregelt haben wollte.

Nach einem ausgiebigen Frühstück machte ich mich auf den Weg in die Innenstadt. Vor *Carlos' Wunderbackwaren* blieb ich stehen und atmete tief durch. Die Bäckerei war in der Roten Straße, nahe dem Buchladen. Die Lage war perfekt, mitten in der Innenstadt und alle wichtigen Geschäfte und Einrichtungen in der Nähe.

»Herr Winterbach?«, hörte ich eine tiefe Stimme hinter mir und zuckte kurz zusammen. Ich mochte es nicht, wenn mich die Leute so nannten. Diese Anrede war meinem Vater vorbehalten.

»Ja, der bin ich«, erwiderte ich dennoch lächelnd und reichte meinem Gegenüber die Hand. Carlos Schirmer war Ende fünfzig, einen Kopf kleiner als ich und knackte bestimmt die Einhundert-Kilogramm-Marke. Ein freundliches Lächeln stand in seinen braunen Augen, was ihn mir sofort sympathisch machte. Ihm schien der schlechte Ruf meiner Familie egal zu sein, zumindest ließ er sich nichts anmerken.

»Schön, dass Sie es heute einrichten konnte. Die Bäckerei ist seit einhundertzwanzig Jahren im Familienbesitz, und schon mein Großvater hieß Carlos. Es tut mir weh, die Bäckerei abgeben zu müssen, aber nach meinem Herzinfarkt vor ein paar Monaten muss ich nun kürzertreten. Was bringt einem das Geld, wenn die Gesundheit nicht mitmacht? Nun ja, genug geredet. Was halten Sie davon, wenn ich Ihnen erst einmal die Bäckerei zeige und wir uns anschließend in meinem Büro weiter unterhalten?«

Zusammen betraten wir den Betrieb, und schon der Verkaufsraum ließ meine Augen aufleuchten. Keine Frage, in dieser Familie wurde nicht nur beim Essen Wert auf Qualität gelegt. Der Raum, der auch als Gastraum diente, war gemütlich eingerichtet, lud zum Verweilen ein und erweckte das Gefühl, als wäre die Zeit hier stehen geblieben. Das altmodische Flair der Einrichtung wirkte authentisch und passte gut zum Baustil des Hauses, den ich auf Anfang des zwanzigsten Jahrhunderts schätzte. Von dem Trubel vor der Haustür war in diesem Gebäude nichts zu spüren, selbst die Mitarbeiter wirkten trotz der vielen Gäste entspannt und ruhig. Mehrere Holztische waren im Raum verteilt und weihnachtlich dekoriert, und der Verkaufstresen hielt eine Menge Leckereien bereit. Es roch fantastisch nach frisch gebackenem Kuchen, Kaffee und heißer Schokolade. Ein leichter Duft von Zimt und Orange mischten vermischten sich mit den anderen Gerüchen und verliehen, zusammen mit der Dekoration, einen Hauch von leichter Weihnachtsstimmung.

Beeindruckt folgte ich Herrn Schirmer in die Backstube, die ebenfalls recht groß und sehr modern ausgestattet war. Anschließend zeigte er mir die Toiletten, dann gingen wir in sein Büro. Entgegen meiner Erwartungen, war dieses Büro weder besonders groß noch modern eingerichtet. Auf zehn Quadratmetern fanden ein Schreibtisch aus massiven Eichenholz, zwei Stühle und ein großes Regal mit Akten und Ordnern Platz. Auf dem Schreibtisch stand kein Laptop, sondern ein PC, der mindestens zehn Jahre alt sein musste. Verwundert blieb ich stehen, bis mich Herr Schirmer darum bat, mich zu setzen.

»Nicht das, was Sie erwartet haben, nicht wahr?« Erschrocken drehte ich mich um und sah sein amüsiertes Lächeln.

»Nicht ganz«, gestand ich und folgte seinem Handzeichen, mich zu setzen.

»Meinem Großvater war es schon in Zeiten vor moderner Technologie wichtig gewesen, nur das Nötigste ins Büro zu investieren und stattdessen lieber die Mitarbeiter gut zu bezahlen und eine gut ausgestattete Backstube zu haben. Diese Tradition habe ich weitergeführt. Nur Verträge tippe ich am Computer, alles andere, wie zu Beispiel neue Rezepte, schreibe ich noch immer per Hand. Fühlt sich auch persönlicher an, und man prägt sich seine neuen Ideen schneller ein. Nun ja, wie auch immer. Deswegen sind wir ja nicht hier. Wie hat Ihnen denn die Bäckerei gefallen, Herr Winterbach?«

»Sehr gut«, erwiderte ich ehrlich und konnte nicht verhindern, dass ich das Büro in Gedanken nach meinen Vorstellungen einrichtete. »Die vereinbarten Konditionen bleiben doch bestehen?«, hakte ich vorsichtig nach. Immerhin hatte ich vor dem Treffen keine Ahnung gehabt, wie hochwertig die Backstube und der Gastraum eingerichtet waren.

»Ja, keine Sorge«, lächelte Herr Schirmer mich freundlich an. »Wie gesagt, ich bin unerwartet vor einigen Monaten krank geworden und muss die Bäckerei nun möglichst schnell verkaufen. Die Details kennen Sie ja. Wären Sie denn bereit, meine vier Mitarbeiter zu übernehmen? Das wären drei Aushilfen im Service und im Verkauf und Alex, die Aushilfe in der Backstube. Alex hat eine Ausbildung zum Bäcker gemacht, und jetzt studiert er. Bisher hat er morgens immer den Teig für die salzigen Backwaren vorbereitet, sodass ich sie nur noch aufbacken musste. So konnte ich mich auf die Süßwaren konzentrieren. Sie könnten das aber auch anders regeln, Alex ist da sehr offen. Gina, Felix und Lena studieren ebenfalls. Sie alle haben keine Ausbildung in der Bäckerei gemacht, sind aber sehr zuverlässig. Bisher haben die Stundenpläne es immer zugelassen, dass einer der drei morgens hier ist und die anderen nachmittags.«

Lächelnd nickte ich und trank von dem Wasser, das Herr Schirmer mir unbemerkt hingestellt hatte. »Selbstverständlich, das hatte ich Ihnen doch schon am Telefon versichert. Immerhin handelt es sich um Studenten, und die müssen ihr Studium auch irgendwie bezahlen. Und etwas Unterstützung schadet ja nicht«.

Wir unterhielten uns noch ein bisschen über den Deal, bis wir beide den Vertrag unterschrieben. Grinsend verließ ich als neuer Besitzer das Geschäft. Obwohl Herr Schirmer mir im Voraus einen Kostenvoranschlag geschickt hatte, den ich zuvor an meinen Steuerberater weitergeleitet und von ihm ein Okay bekommen hatte, würde ich ihm später eine Kopie des Vertrages zukommen lassen. Zwar hatte sich im Bereich der Kosten nichts geändert, allerdings wollte ich rechtlich auf Nummer sicher gehen.

Fünfzehn – Sarah

Erleichtert verließ ich mit Vanessa den Raum und atmete tief durch. Das war geschafft. Das viele Lernen mit Karin hatte tatsächlich etwas gebracht, und zum ersten Mal während meines Studiums hatte ich das Gefühl, auf jeden Fall die Linguistikklausur bestanden zu haben. So konnten die Weihnachtsferien kommen.

»Warum haben wir dieses Semester eigentlich so früh geschrieben? Die Vorlesungszeit endet doch erst im Februar!«, holte mich Vanessa aus meinen Gedanken.

»Ich glaub, der Dozent muss ab Januar wegen irgendwas ins Krankenhaus, und keiner weiß, wie lange das dauert. Aber was genau los ist, weiß ich nicht«, erwiderte ich schulterzuckend. »Ich hab ja nichts dagegen, dass diese Klausur nur einen Teil der Note ausmacht. Dann lieber Essays schreiben.«

»Allerdings! Hast du auch ein schlechtes Gefühl?« Hoffnungsvoll sah sie mich an.

»Im Gegenteil. Dieses Mal bin ich mir sogar sicher, dass es mindestens für eine drei Komma null reicht.« Zufrieden grinste ich vor mich hin.

»Du Glückliche! Gehen wir noch was essen?«

Ich schüttelte den Kopf. »Sorry, aber ich treffe mich gleich mit meinem Freund. Aber wir können das in den nächsten Tagen nachholen. Dann kann ich dir auch beim Lernen für die Nachschreibklausur helfen, falls du tatsächlich durchfallen solltest.«

Da Vanessa ebenfalls in die Innenstadt musste, gingen wir zusammen. Es war kalt draußen, doch zum Glück hatte sich der Wind gelegt. Die ganze Stadt war mit einer dicken Schneeschicht bedeckt, nur die Straßen, Plätze und Bürgersteige waren so gut es ging schneefrei geräumt. Ein paar Kinder spielten in den Vorgärten, lieferten sich Schneeballschlachten oder bauten Schneemänner, während die Eltern händchenhaltend dabeistanden oder mitspielten.

Auf dem Weg unterhielten Vanessa und ich uns über unsere Ferienpläne und über die Prüfung, bis ich Jonas am Gänselieselbrunnen warten sah. Schnell verabschiedete ich mich von ihr und rannte auf ihn zu.

»Na, meine Süße, gut gelaunt?« Stürmisch zog er mich in seine Arme und küsste mich fordernd.

»Du ja offensichtlich auch.« Glücklich nahm ich seine Hand und sah ihn an.

Lächelnd erwiderte er meinen Blick, und seine Augen strahlten. »Wollen wir ins Café gehen? Ich würde dir gerne etwas erzählen.«

»Das würde ich ja gerne! Aber hast du etwa vergessen, dass wir nachher noch in meine Wohnung wollen? Karin und Chiara sind schon sehr aufgeregt, dich endlich persönlich kennenzulernen, und werden sich sicher große Mühe in der Küche geben. Wenn wir dann keinen Hunger mehr haben, sieht es schlecht für dich aus.«

Gespielt entsetzt hob Jonas beide Hände. »Ist ja gut, kein Grund, mir zu drohen! Ich wusste ja gar nicht, wie gefährlich ihr seid, sonst hätte ich mich von dir ferngehalten.«

Lachend stieß ich ihm gegen die Schulter, bevor ich mich an ihn anlehnte. Es tat gut, dass ich in seiner Nähe einfach loslassen und entspannen konnte. Ihn störte es nicht, wenn ich in der Öffentlichkeit herumalberte oder mit zotteligen Haaren herumlief. Bei ihm konnte ich sein, wer ich wirklich war.

»Du kannst mir ja trotzdem erzählen, was du heute so Tolles erlebt hast, schließlich müssen wir noch ein paar Minuten laufen«, forderte ich ihn neugierig zum Reden auf.

»Weißt du, ich hab mich schon länger mit dem Gedanken getragen, mich selbstständig zu machen und
aus den Fängen meines Vaters auszubrechen. Aber
bis ich dich getroffen hab, war das nur so eine Idee.
Und als ich gesehen hab, wie er mit dir und deinen
Kollegen umgeht, wusste ich, dass das so für mich
nicht weitergehen kann. Ich hatte versucht, am
Abend mit ihm darüber zu sprechen, allerdings hat
er, wie immer, jegliche Kritik abgeblockt und mich
gebeten, das Haus zu verlassen. Dann hab ich mir in-
tensivere Gedanken über mein Leben und meinen Beruf gemacht und festgestellt, wie unglücklich ich im
Bereich Marketing bin.«

»Oh, das wollte ich nicht.« Verlegen biss ich mir auf
die Unterlippe. Es war nie mein Ziel gewesen, ihm
sein Leben schlecht zu reden. Vorsichtig strich ich
ihm über den Arm. »Aber du hast gar nicht unglücklich auf mich gewirkt. Und so schlecht kann das Leben im Luxus doch nicht sein.«

Jonas lachte hart auf.

»Du hast ja keine Ahnung! Meine Mutter ist früh
gestorben, und seit Kindertagen hat mein Vater mein
Leben nicht nur vorgegeben, sondern kontrolliert. Ich
musste auf eine Privatschule gehen, und er entschied,
mit wem ich befreundet sein durfte. Kurz vor meinem

Abi erklärte er dann, dass ich BWL mit Schwerpunkt Marketing studieren und anschließend seine zweite Firma übernehmen müsse. Ich war noch nie gerne der arrogante Anzugträger, aber dieses Image wurde mir aufgezwungen. Ich weiß, das klingt jetzt irgendwie blöd aus meinem Mund … ich, der ach so bedauernswerte Sohn aus reichen Haus! Aber, du musst mir glauben, ich hätte lieber eine Ausbildung zum Bäcker oder Konditor gemacht, aber davon wollte er nichts wissen.«

»Warum hast du dich denn nicht dagegen gewehrt? Du warst doch kein kleiner Junge mehr. Dein Leben, deine Entscheidung.« Ich blieb stehen und sah ihn verständnislos an.

Lächelnd schüttelte er den Kopf: »So leicht ist das leider nicht, meine Süße. Damals hatte ich kein Geld, und mein Vater drohte, mir den Geldhahn zuzudrehen und mich zu enterben. Bafög hätte ich nicht bekommen, und wahrscheinlich hätte ich meinen Vater dann auf Kindesunterhalt verklagen müssen. Und meine Großmutter war zu der Zeit schon gestorben. Ich hatte Angst davor, ohne Geld dazustehen. Vielleicht kannst du das ja verstehen.«

Wir gingen ein paar Schritte schweigend weiter, ohne dass ich ihm darauf eine Antwort geben konnte.

»Also hab ich mich seinem Willen gebeugt. Immerhin hab ich mich heimlich in einen Backkurs eingetragen, und in letzter Zeit habe ich ab und an auch ein paar Backwaren verkauft. Jeden Cent davon habe ich gespart, falls er seine Drohung eines Tages mal wahrwerden lassen sollte. Und als wir beide unser Gespräch hatten, wusste ich, dass es Zeit zum Handeln war. Ich hab einen Kredit für das fehlende Geld aufgenommen und nach Anzeigen von Bäckern und Konditoren gesucht, die ihre Firma verkaufen oder vermieten wollen. Vorhin habe ich einen Vertrag unterschrieben, und demnächst kann ich mich als Bäcker selbstständig machen. In den nächsten Tagen werde ich dort alles einrichten und mich mit meinen vier Mitarbeitern unterhalten. Im nächsten Jahr, nachdem ich mich um die fehlenden behördlichen Anforderungen gekümmert habe, kann ich dann eröffnen. Natürlich habe ich schon angefangen, mich darum zu kümmern, aber das Verfahren wird einige Zeit in Anspruch nehmen.«. Stolz wedelte er mit dem Vertrag vor meinen Augen herum.

»Das ist ja klasse!« Ich fiel meinem Freund um den Hals und küsste ihn stürmisch. Es freute mich für ihn, dass er seinen Traum wahrgemacht hatte und nun nicht mehr unter der Kontrolle seines Vaters stand.

»Hast du denn schon mit ihm geredet?«

»Nein, noch nicht. In sieben Tagen ist Weihnachten, und ich habe nicht vor, jetzt einen Familienkrieg auszulösen. Ich werde mit ihm sprechen, sobald die Feiertage vorüber sind, versprochen! Vermutlich weiß er sowieso schon, was los ist, aber ich sollte es ihm persönlich sagen.«

Nachdenklich sah ich ihn an. Auf der einen Seite konnte ich seine Sorgen nachvollziehen. Auf der anderen Seite wusste ich, dass eine weitere Hinauszögerung großen Stress und ein schlechtes Gewissen bedeuten konnte.

»Bist du sicher, dass du so lange warten willst? Immerhin könnte das auf deine Gesundheit schlagen.«

Gerührt von meinen Sorgen um ihn, nahm mich Jonas in den Arm und drückte mir einen Kuss auf die Schläfe.

»Danke, dass du dir Sorgen um mich machst. Das weiß ich zu schätzen. Aber mit dem Rückzug aus meiner Familie sind einige komplexe Angelegenheiten verknüpft, und um die kann ich mich jetzt im Weihnachtsstress nicht kümmern. Zu dieser Zeit ist in den Firmen meines Vaters immer viel los, besonders durch Kunden, die in letzter Sekunde

Änderungswünsche verlangen, und durch Mitarbeiter, die im letzten Moment noch Urlaub für das darauffolgende Jahr einreichen und um Gehaltserhöhungen bitten. Würde ich in diesen Tagen auch noch mit meiner Nachricht ankommen, wäre wohl die Hölle los. Was hältst du davon, wenn ich dich nach Weihnachten in alles einweihe?«

Dankbar für sein Vertrauen, sah ich ihn an und schnappte mir erneut seine Hand. Während wir zu meiner Wohnung schlenderten, unterhielten wir uns über meine Klausur, anstehende Pläne und neue Aufgaben fürs kommende Jahr. Es gefiel mir gut, wie selbstverständlich es war, mit ihm aufs neue Jahr zu schauen.

Sechzehn – Sarah

Etwas nervös schloss ich die Tür auf und folgte dem fabelhaften Duft nach frisch gekochtem Essen. Der Fisch brutzelte in der Pfanne und vermischte sich mit dem würzigen Duft selbstgemachter Champignonsauce. Die Salzkartoffeln, sowie der Salat mit Kräuterdressing, standen schon auf dem Tisch. Der Anblick meines Lieblingsessens ließ mir das Wasser im Mund zusammenlaufen. Kaum waren wir in der Küche angekommen, stellte sich Karin uns mit einem breiten Grinsen in den Weg. Na super, die Personenkontrolle konnte beginnen.

»Du bist also Jonas. Schön, dass wir uns endlich persönlich kennenlernen. Ich bin Karin und die Älteste von uns dreien. Somit hab ich hier immer das letzte Wort. Also ich muss sagen, dass du in echt noch viel besser aussiehst, als Sarah uns von dir vorgeschwärmt hat.«

Ohne in den Spiegel zu sehen, wusste ich, dass ich rot wurde wie eine Tomate. Musste das jetzt sein? Peinlich berührt, starrte ich zu Boden und versuchte, meinen verräterischen Herzschlag zu beruhigen.

Allerdings gelang mir das nur mit mäßigem Erfolg. Jonas hingegen schien sich prächtig zu amüsieren.

»Freut mich, Karin. Und du bist tatsächlich so vorlaut, wie Sarah gesagt hat.«

Ich musste so lachte, dass ich mich vorbeugte, um mir den Bauch zu halten. Das war nicht nur genial, sondern die absolute Wahrheit.

Auch die anderen stimmten in mein Gelächter mit ein, und schon war das Eis gebrochen. Dankbar lächelte ich Jonas an. »Was willst du trinken?«

Als ich den Kühlschrank öffnete, schlang Jonas plötzlich von hinten seine Arme um meine Hüfte. »Wie wäre es mit einem perfekten Kakao?«

Bevor ich ihm antworten konnte, drängte er sich an mir vorbei, nahm vier Tassen aus dem Schrank und stahl sich frech grinsend einen Kuss.

»Herr Winterbach! Also wirklich, wo sind Ihre Manieren?«, rief ich gespielt entsetzt aus und stemmte meine Hände in die Seiten.

»Ich weiß nicht, Frau Wolfert. Muss wohl an Ihrem Einfluss liegen.« Herausfordernd grinste er mich an, weil er genau wusste, dass ich keinen guten Konter auf Lager hatte. Daher schlug ich ihn nur lachend auf die Schulter und verdrehte die Augen.

»Knutschen könnt ihr später. Jetzt gibt's erst mal was zu essen!«, mischte sich Chiara ein und stellte sich ebenfalls vor.

Verlegen ging ich zum Tisch, und wenige Minuten später saßen wir alle vor dampfenden Tellern und ließen es uns schmecken. Dazu tranken Jonas und ich Wasser, während Karin und Chiara sich einen lieblichen Rotwein gönnten. Den Kakao wollten wir nach dem Essen trinken.

»Ist … für deinen Vater eure Beziehung eigentlich in Ordnung, oder weiß er das noch gar nicht, Jonas? Er hat ja nicht gerade den Ruf, als Freund der Arbeiterklasse zu gelten.«

Mit einem Räuspern schob Jonas seinen Teller von sich, lächelte mir kurz zu, bevor er zu einer zögerlichen Antwort auf Karins Frage ansetzte.

»Er weiß bisher nur, dass wir uns sehr gut verstehen, und vermutlich glaubt er, dass wir Freunde sind. Bitte, denkt nicht, dass ich Sarah verleugne, denn das tue ich nicht. Aber zurzeit treffe ich einige Entscheidungen gegen meine Familie, die ich alle nach Weihnachten offenbaren werde und die schon für sich für ganz viel Streit sorgen werden. Würde ich jetzt schon unsere Beziehung bekanntgeben, wäre Sarah in

Vaters Augen sicherlich der Sündenbock, und das möchte ich dir ersparen.«

Sein süßes Lächeln ließ mich das Gefühl von Peinlichkeit angesichts Karins direkter Frage vergessen. Chiara und Karin nickten.

»Ich werde meinem Vater alle Entscheidungen nach den Weihnachtsfeiertagen mitteilen. Das mit Sarah und mir würde ich dann an Silvester erzählen, wenn sich die Stimmung ein wenig beruhigt und Sarahs Nebenjob nicht mehr in Gefahr ist.«

»Das kann ich absolut verstehen. Aber wenn du dich von deinem Vater abwendest, musst du dich dann nicht komplett neu orientieren?« Skeptisch sah Karin ihn an, als könnte sie sich das überhaupt nicht vorstellen.

»Ich mache mich ab Januar mit einer eigenen Bäckerei selbstständig. Und das wird meinen Vater zur Weißglut bringen. Aber ich hab die Schnauze voll davon, dass sich sein schlechter Ruf, ein arroganter Anzugträger zu sein, der keinerlei Fairness gegenüber seinen Mitmenschen aufzeigt,auf mich und mein Leben überträgt und ich ständig mit ihm verglichen oder sogar gleichgesetzt werde. Aber genug von mir. Dein Essen ist echt köstlich. Hast du schon mal über eine Karriere als Köchin nachgedacht?«

Verlegen schaute Karin ihn an. So selbstbewusst sie auch war, machte es sie doch jedes Mal verlegen, wenn jemand ihr Essen und ihre Kochkünste lobte.

»Das sagen wir auch immer!«, riefen Chiara und ich gleichzeitig und sahen uns triumphierend an.

»Aber das kannst du vergessen. Sie ist überzeugte Linguistin, und für sie ist gutes Essen vor allem als Einstieg in eine gelungene Unterhaltung sinnvoll«, fasste ich Karins sonst so komplizierte Ausführungen dazu knapp zusammen.

»Außerdem ist mein Onkel Koch, und ich habe viel von ihm gelernt. Als Schülerin habe ich freiwillig in seinem Restaurant ausgeholfen. Aber nur, weil es mir Spaß gemacht hat. Für mich ist Kochen eine Leidenschaft, und das soll auch so bleiben. Aber es freut mich für dich, dass du deinen Traum von der eigenen Bäckerei wahr gemacht hast«, ergänzte Karin, erhob sich und begann mit dem Abräumen des Tisches.

Nach dem Essen unterhielten wir uns weiter über unsere Familien und unsere Vergangenheit und erfuhren einiges Neues übereinander.

Chiara erzählte uns zum ersten Mal, dass sie spanische-italienische Wurzeln habe, aber als kleines Kind von einer reichen italienischen Familie adoptiert worden sei. Genau wie Jonas war auch sie auf

Privatschulen gegangen. Allerdings hatte ihre Familie ihr nie vorgeschrieben, wie ihr Freundeskreis oder ihre Zukunft auszusehen hatten.

Karin sprach über ihre enge Beziehung zu ihrem Onkel und über ihre Jugend.

Jonas erzählte von seiner Großmutter und seinem Bruder Lukas, der seinem Vater sehr ähnlich, jedoch um einiges menschlicher und verständnisvoller sei.

Und ich beichtete, dass ich als Jugendliche an einem Schreibwettbewerb teilgenommen und dort den ersten Platz gemacht hätte, und es seit diesem Moment mein Ziel sei, eines Tages eine eigene Zeitschrift herauszubringen.

Siebzehn – Jonas

Glücklich darüber, dass Karin und Chiara mir eine Chance gaben, schlenderte ich in der Dunkelheit nach Hause. Ich hatte mich kurz nach zehn Uhr mit einem zärtlichen Kuss von Sarah verabschiedet, die sichtlich erleichtert war, dass ich die Feuerprobe bei ihren Freundinnen überstanden hatte.

Ich hatte vor dem Treffen ein wenig Bammel gehabt, da die Karin und Chiara so etwas wie eine zweite Familie für Sarah waren und deren Meinung daher sicherlich viel Bedeutung hatte. Was wohl passiert wäre, wenn sie mich nur als den ältesten Sohn des Winterbachs gesehen und mich nicht akzeptiert hätten? Hätte sich Sarah dann gegen mich entschieden, besonders nach ihrer schlechten Erfahrung mit ihrem Ex?

Die Vorstellung, Sarah zu verlieren oder unsere Freundschaften zu ruinieren, ließen mir das Blut in den Adern gefrieren. Sarah war etwas Besonderes, und ich war froh darüber, dass ich so viel Zeit mit ihr verbringen durfte. Doch ich konnte mich nicht lange darüber freuen, denn kaum hatte ich meine Wohnung betreten, kam mein Bruder auf mich zu. Wie war der denn reingekommen?

»Was machst du denn hier, und wer hat dich reingelassen?« Fragend blickte ich ihn an, während ich Mantel und Schuhe auszog.

»Na, ich mich selbst! Dein Versteck für den Ersatzschlüssel ist nicht das beste. Du solltest dir lieber ein anderes dafür suchen.« Grinsend kam er auf mich zu. Doch dann wurde sein Blick ernst. »Ich warte hier schon seit drei Stunden auf dich, Jonas. Wenn du schon nicht zu Hause bist, dann geh wenigstens ans Handy!«

Verwirrt sah ich ihn an. Was interessierte es ihn, was ich in meiner Freizeit machte? »Soweit ich weiß, kann ich selbst entscheiden, was ich wann mache. Was willst du überhaupt hier?«

»Was ich hier will? Weißt du überhaupt, welcher Tag heute ist?«

»Ähm ja, der siebzehnte. Warum?«, gab ich überfordert von mir und versuchte, mich mit aller Macht daran zu erinnern, ob ich irgendetwas Wichtiges vergessen hatte. Doch es wollte mir nichts einfallen.

»Nicht dein Ernst, oder?« Entsetzt baute sich Lukas vor mir auf und verschränkte die Arme. »Heute war das internationale Meeting, und du Trottel hast es verpasst! Weißt du eigentlich, wie sauer Vater auf dich ist? Du solltest dich bei ihm entschuldigen. Ich hab behauptet, dass du krank bist.«

»Das hab ich natürlich nicht vergessen. Ich hatte dir aber gesagt, dass ich damit nichts mehr zu tun haben möchte und aus der Firma aussteige. Ich mache im Januar meine eigene Bäckerei auf. Ich hab dich doch in allem gebrieft, was wichtig ist. Ihr braucht mich nicht. Von nun an müssen Vater und du ohne mich klarkommen.«

Lukas fing schallend an zu lachen. Genervt wartete ich ab, bis sein Lachanfall vorüber war, und goss mir in dieser Zeit einen Wein ein. Nach ein paar Minuten schien sich mein Bruder wieder beruhigt zu haben. »Guter Witz, Jonas. Sicher, jemand wie du, der alles auf einem Silbertablett serviert bekommt, schmeißt sein Leben einfach weg und baut sich von unten alles neu auf.« Kopfschüttelnd sah Lukas mich an.

Ich trank einen Schluck Wein und hielt ihm ebenfalls ein Glas hin. Er schüttelte den Kopf.

»Das ist kein Witz, Lukas. Ich habe heute den Kaufvertrag für meine Bäckerei unterschrieben. Ab dem zweiten Januar kann ich dann eröffnen. In ein paar Tagen kann Vater auch die Wohnung wieder haben, da zur Bäckerei eine eigene dazu gehört, die ich ebenfalls gekauft habe. Dem Anwalt und dem Finanzamt liegen die Dokumente schon vor und wenn es nichts zu beanstanden gibt, werde ich in den nächsten Monaten die Bäckerei eröffnen. Sicherlich darfst du dann hier einziehen, also sieh dich ruhig in Ruhe um. Ich werde jedenfalls gleich ins Bett gehen, da ich noch einiges bis zur Eröffnung zu tun habe.«

Noch ehe ich den Satz beendet hatte, konnte ich die Veränderung in seinem Gesicht sehen. Sein breites Grinsen verschwand, stattdessen presste er die Lippen aufeinander und sah mich mit geweiteten Augen an.

»Unglaublich! Ist das wirklich dein Ernst? Dass du für ... Brot und Kuchen die Familie aufs Spiel setzt?«

Ich grinste und nickte. Lukas nahm jetzt doch das Glas Wein in die Hand, das ich ihm reichte.

»Wenn das so ist ... dann ... Ich kann es zwar nicht verstehen, aber es ist dein Leben. Verrätst du mir wenigstens, wie es zu diesem ... Sinneswandel kam?«

»Das ist kein Sinneswandel. Ich hab schon nach dem Abitur heimlich alle Rezepte von Oma auswendig gelernt und für andere Leute gebacken. Schon damals wollte ich eine Ausbildung zum Bäcker oder Konditor machen, aber Vater hat es mir verboten. Heute lasse ich mir nichts mehr verbieten! Es ist also ein jahrelanger Wunsch, den ich mir endlich erfüllt habe. Leider musste meine Freundin mir erst die Augen öffnen und mir zeigen, dass ich mit meinem Leben unglücklich bin. Doch jetzt mache ich das, was ich für richtig halte.« Ich prostete meinem Bruder zu.

»Als ob Emily bereit wäre, das ihr versprochene Leben im Luxus für Essen und eine kleine Wohnung aufzugeben! Das glaube ich dir nicht, die heult ja schon, wenn man ihr eine markenlose Handtasche schenkt. Unfassbar, dass du dein Versprechen ihr gegenüber brichst.«

Entsetzt stand ich auf und konnte mich nur mit Mühe zurückhalten. Was fiel diesem Mistkerl eigentlich ein, Emily mit reinzuziehen? Sie war nie meine Freundin, sondern …

»Falsch, Lukas, ich breche nur Vaters Versprechen ihr gegenüber. Ein Versprechen, mit dem ich nie einverstanden war. Emily war nie meine Freundin und wird es auch niemals sein. Das hab ich Vater vor einigen Tagen erneut deutlich gesagt. Mal sehen, wann er es akzeptiert. Meine Freundin heißt Sarah und hat nichts mit diesem Luxus am Hut. Sie ist weder reich noch auf Marken versessen, und sie freut sich für mich und die Bäckerei. Wie du weißt, wollte ich E-mily niemals heiraten. Als ich fünfzehn war und unser Vater Emily und dessen Familie kennen lernte, entschlossen sich unsere Väter dazu, dass wir beide heiraten und die Firmen zusammenlegen sollen. Für mich war sie nie mehr als eine Mitschülerin.«

»Oh Gott, wie kann man nur so tief sinken und sich für eine Tochter der Arbeiterklasse entscheiden, wenn man ein heißes und reiches Mädchen aus der High Society daten kann? Ich schätze, das wird das letzte gemeinsame Weihnachtsfest werden. Denn weder Vater noch sonst jemand, außer mir vielleicht, wird deine Entscheidung akzeptieren können.«

Erstaunt sah ich Lukas an. »Und du akzeptierst sie?«

Sein grimmiger Blick löste sich auf, und es war das erste Mal seit Langem, dass ich so was wie brüderliche Wärme von ihm spürte. Sein Lächeln war ehrlich und beantwortete meine Frage sofort. Damit hatte ich nun gar nicht gerechnet. Lukas kam auf mich zu und nahm mich in den Arm.

»Natürlich akzeptiere ich das. Du bist mein großer Bruder und hast immer alles für mich gemacht. Ohne dich wäre ich nie so weit gekommen. Ich kann zwar nicht verstehen, wieso du dich für dieses Leben entscheidest, aber ich sehe, dass es dich glücklich macht. Und das ist wichtig. Aber wie gesagt, du wirst von niemandem außer mir dafür Unterstützung bekommmen.«

Überrascht von diesen Worten, erwiderte ich die Umarmung. Offensichtlich steckte doch mehr in meinem kleinen Bruder, als ich erwartet hatte. Vielleicht gab es doch noch die Hoffnung, dass auch er sich irgendwann von Vater lösen konnte. Meinen Plan, früh ins Bett zu gehen, warf ich nach diesem Geständnis über Bord. Stattdessen saßen Lukas und ich noch lange zusammen und redeten viel. Nach all den Jahren sprachen wir uns endlich aus. Leicht angetrunken, verließ Lukas gegen zwei Uhr morgens die Wohnung, und ich begab mich ins Bett.

Achtzehn – Sarah

Ausgeschlafen und überglücklich stand ich um zehn Uhr auf und frühstückte. Nachdem Jonas gestern gegangen war, hatten Karin und Chiara mir noch mal bestätigt, dass sie ihn mochten.

Mir war eingefallen, dass ich noch Weihnachtsgeschenke für Chiara, Karin und Jonas brauchte, und ich wollte nicht alleine losgehen, deshalb wollte ich mich gleich mit Vanessa treffen.

Als ich das Haus verließ, setzte starker Schneefall ein. Ich drehte mich lachend wie ein Kind und versuchte, Schneeflocken aufzufangen. Wieso viele Erwachsene bei solchem Wetter schlecht gelaunt waren und ins Trockene flüchteten, konnte ich überhaupt nicht nachvollziehen. Für mich war Schnee etwas Wunderbares: Es sah unglaublich gut aus, wenn alles mit Schnee bedeckt war, und es machte noch immer Spaß, bei diesem Wetter draußen zu sein. Es dauerte nicht lange, da kamen Kinder auf die Straße gerannt – zum Glück wohnte ich in einer wenig befahrenen Seitenstraße –, um einen weiteren Tag Märchenwinter zu genießen.

Lächelnd schlenderte ich durch die verschneite Innenstadt, bis ich am Kornmarkt ankam. Dort wartete ich auf Vanessa, die kurz darauf mit dem Bus eintraf.

Nach der Begrüßung fragte sie: »Also, was hast du vor?«

Nachdenklich sah ich sie an. »Also Karin mag alles, was mit Kochen zu tun hat, und sie liest für ihr Leben gerne gute Krimis. Chiara liebt Mode über alles und Kosmetik. Jonas macht demnächst seine Bäckerei auf, und ich dachte, dass ich ihm dahingehend etwas schenken könnte, vielleicht etwas Deko. Hauptsache nichts, das sehr teuer ist. Wir sind erst seit Kurzem zusammen, und ich will nichts überstürzen oder ihn unter Druck setzen.«

Vanessa sah mich mit funkelnden Augen an. »Das klingt gut. Wir sollten mit seinem Geschenk anfangen. Für Karin könnten wir zu Hugendubel oder Thalia gehen, wo du ihr ein Krimipaket zusammenstellen könntest. Zum Beispiel drei Krimis und dazu ein paar Süßigkeiten.«

»Das ist eine großartige Idee!« Zufrieden klatschte ich in die Hände und sah nachdenklich zum Himmel. »Meinst du, ich könnte so etwas Ähnliches für Chiara machen, nur eben mit verschiedenen

Kosmetikartikeln? Irgendwie wäre es komisch, ihr nur einen Shoppinggutschein zu schenken.«

»Das denke ich auch. Damit würdest du ihr außerdem zeigen, dass du dir bei ihrem Geschenk ebenso Gedanken gemacht und es nicht einfach schnell abgehakt hast. Wenn du nach den Einkäufen noch Zeit hast, könnten wir vor deiner Schicht noch was essen gehen«, schlug Vanessa vor.

Da ich nicht mit leerem Magen zur Arbeit gehen und Vanessa nicht noch einmal versetzen wollte, stimmte ich zu.

Erst im dritten Geschäft wurde ich auf der Suche nach Jonas' Geschenk fündig. Erleichtert über die erste Beute – ein Willkommensschild sowie passende Tischdeko für die verschiedenen Jahreszeiten – machten wir uns auf in die Buchhandlung. Zum Glück hatte Jonas uns gestern Fotos vom Verkaufs- und Gastraum gezeigt, sodass ich mir sicher war, dass die Deko dort gut hinein passte. Hoffentlich gefiel sie ihm auch!

In Gedanken versunken, hatte ich nicht gemerkt, dass wir die Buchhandlung erreicht hatten, bis Vanessa mich rief und ungeduldig bei den Regalen mit den Krimis und Thrillern auf mich wartete.

»Sieh nur, wie groß die Auswahl ist! Da wirst du bestimmt etwas finden, das Karin noch nicht hat. Ich würde ein wenig variieren, also nicht drei Bücher mit ähnlichen Geschichten holen.«

Die Idee gefiel mir, und so sah ich mich nach verschiedenen Autoren um. Am Ende entschied ich mich für einen Krimi, der im Winter in den Bergen spielte, einen New Yorker Krimi und einen, bei dem Kreta im Mittelpunkt stand. Dazu holte ich ihr eine Packung Glückskekse, verschiedene Schokoladenpackungen und Weingummi. Dieselben Süßigkeiten kaufte ich jeweils für Chiara und Jonas. In einer Drogerie kaufte ich für Chiara eine Lidschattenpalette, Lippenstift, schwarzen Eyeliner und Mascara.

Erleichtert darüber, dass ich nun alle Geschenke zusammen hatte und der Shoppingtag beendet war, ging ich mit Vanessa zu McDonalds. Dabei unterhielten wir uns viel und hatten viel zu lachen, doch gegen halb fünf musste ich leider los.

Vanessa bot an, meine Einkäufe zu Hause vorzubringen, da ich zum Weihnachtsmarkt musste. Dankbar fiel ich meiner Freundin um den Hals.

»Das ist echt lieb von dir. Komm gut nach Hause und hab schöne Feiertage. Guten Rutsch ins neue Jahr!«

Um dieses Mal keinen Ärger zu bekommen, war ich pünktlich am Stand. Zu meiner Erleichterung ließ mich Herr Winterbach am Tresen die Laufkundschaft bedienen.

Da Weihnachten immer näher rückte – in sechs Tagen war Heiligabend – war auf dem Weihnachtsmarkt mehr los als zu Beginn des Monats. Viele Last-Minute-Shopper und Feierwütige liefen von Bude zu Bude und ließen es sich gut gehen.

Man merkte, dass die meisten Menschen die für mich schönsten drei Tage des Jahres nicht mehr erwarten konnten, und so wurden alle Weihnachtslieder tatkräftig mitgegrölt. Es kamen aber auch Gäste, die noch nüchtern waren, und so wurde ich in einige interessante Gespräche verwickelt.

Als ich gerade einem Pärchen zwei Gläser Glühwein verkauft hatte, bemerkte ich eine junge Frau, vielleicht zwei Jahre älter als ich, die mich so intensiv musterte, dass mein Blick sofort nach unten zu meinem Weihnachtsmannpullover wanderte, weil ich dachte, dort sei irgendein Malheur zu sehen. Doch da war nichts.

Sie war fast so groß wie Jonas und obwohl sie einen sicher teuren Wintermantel trug, konnte ich ihre

Modelmaße erkennen. Hellbraune Wellen hingen lässig über die Schultern, bedeckt von einer schwarzen Wollmütze. Sie war unglaublich hübsch, keine Frage, doch ihre grauen Augen strahlten nichts als Kälte und Arroganz aus, weshalb sie mir vom ersten Augenblick an unsympathisch war.

Mit herablassendem Blick musterte sie mich von oben bis unten und sah mich anschließend abschätzig an. »Du bist wohl Sarah?«, fragte sie mit unnatürlich hoher Stimme, und ich musste mich anstrengen, mir bei diesem unangenehmen Geräusch nicht die Ohren zuzuhalten.

»Allerdings. Was möchtest du trinken?«, erwiderte ich knapp, um sie möglichst schnell loszuwerden.

»Ich bin Emily, und wir beide müssen reden.«

Neunzehn – Sarah

Entnervt sah ich diese Emily an. Woher zum Teufel wusste sie, wer ich war, und wieso musste sie mich während der letzten Minuten meiner Schicht stören?

Seufzend antwortete ich: »Ich weiß zwar nicht, was du von mir willst, aber ich hab in zwanzig Minuten Feierabend. Bis dahin musst du dich gedulden.«

Ich sah ihr an, dass sie nicht gerne warten wollte, doch zum Glück diskutierte sie nicht, sondern bestellte sich einen alkoholfreien Glühwein. Kaum dass ich fertig war und mir meine Sachen schnappte, passte sie mich ab.

»Hör mal, ich finde es auch nicht gerade gut, meine Zeit an eine Minijobberin zu verschwenden. Wer sich das Studium nicht leisten kann, sollte es gleich sein lassen. Es gibt so viele Ausbildungsberufe, die akademischen sollten nur für Akademikerfamilien und Wohlhabende zugänglich sein. Aber gut, wir müssen uns ja nie wiedersehen«, begann sie theatralisch, als wären ärmere Menschen die Pest.

Augenblicklich war ich stinksauer. Was bildete diese blöde Kuh sich eigentlich ein! Noch nie hatte jemand so mit mir geredet. Entsetzt von ihrer

Arroganz, blieb ich wie angewurzelt stehen und stemmte meine Hände in die Hüften.

»Glaub mir, je weniger Zeit ich mit einer verwöhnten, reichen und viel zu stark geschminkten Dummschwätzerin wie dir verbringen muss, desto besser. Bevor meine Gehirnzellen auch noch dem Schwachsinn verfallen.« Was fiel diesem Mädel eigentlich ein, auf meiner Arbeit aufzutauchen und mich dann auch noch herabzuwürdigen und mich zu beleidigen? Mein Herz pochte wie verrückt, und es fiel mir schwer, ruhig zu bleiben. Ich wollte dieses Gespräch so schnell wie möglich hinter mich bringen.

»Es geht um Jonas. Ich wollte einfach nur wissen, ob die Gerüchte um euch wahr sind. Bist du seine feste Freundin oder nicht?«, fragte sie geradeheraus, und ihre Augen funkelten mich an.

»Ja … bin ich«, gab ich zu. Was sollte das denn jetzt? War sie Klatschpresse der Familie, oder was lief bei der falsch?

Sie verschränkte die Arme vor der Brust. Und ihr Blick … als wollte sie mich am liebsten tot sehen.

»Unglaublich! Da verlässt mich dieser Vollidiot für eine Frau, die ihm nur halb so viel bieten kann! Was bildet der sich eigentlich ein? Ich hätte nie gedacht, dass er mal so tief sinken könnte und mich durch jemanden wie *dich* ersetzt!« Wie angewidert starrte sie mich an, als wäre ich eine Fliege auf ihrem Essen.

Doch ihren Hass spürte ich in diesem Moment nur noch wie durch Watte. War Jonas tatsächlich mit ihr zusammen gewesen, als wir uns begegnet waren? Hatte ich mich so in ihm getäuscht? Mit keinem Wort hatte er bisher eine Freundin erwähnt.

»Was … was meinst du damit, er hätte dich für mich verlassen? Tut mir leid, aber er hat nie ein Sterbenswörtchen über dich gesagt. Du warst also seine Freundin, ja?« Ein fieser Kloß schnürte mir die Kehle zu.

»Freundin? Ich war nicht seine Freundin, ich war seine Verlobte! Wer hätte gedacht, dass er so ein Feigling ist und mich vier Monate vor der Hochzeit im Regen stehen lässt? Du solltest dich lieber nicht daran gewöhnen, an seiner Seite zu sein. Wenn er es mit mir schon nicht ausgehalten hat, dann wird er es mit dir erst recht nicht. Ich sollte froh sein, dass ich diesen Verräter los bin. Viel Glück mit ihm!« Sie drehte sich auf dem Absatz um.

»Emily, warte!«, rief ich ihr vergebens hinterher, doch sie war schon außer Hörweite. Jonas war also verlobt und ein Heiratstermin war schon festgelegt? Warum hatte er dann mit mir was angefangen?

Mir brannten die Tränen in den Augen, und ich konnte sie nur mit Mühe zurückhalten. Wie hatte ich mich nur so in ihm täuschen können? Wieso war ich nur so blöd, erneut einem dahergelaufenen Kerl mein Herz zu schenken? Hatte ich denn nichts aus meiner Vergangenheit gelernt?

Blind vor Wut stapfte ich den Weg nach Hause, schwer darauf bedacht, nicht in der Öffentlichkeit in einen Weinkrampf zu verfallen. Diese Blamage würde ich mir garantiert nicht geben. Das Herz schlug mir bis zum Hals, und eine mir bisher unbekannte Welle der Zerstörungslust durchflutete mich. Kaum hatte ich die Wohnung erreicht, riss ich mir Mantel und Stiefel vom Leib und stürmte in mein Zimmer. Nun konnte ich die Tränen nicht mehr zurückhalten.

Zwanzig – Sarah

Ich hatte keine Ahnung, wie lange ich schon weinend auf meinem Bett lag, doch irgendwann klopfte es zaghaft an meiner Tür. Karin und Chiara hatten ein Tablett mit Wasser, Wein und belegten Baguettes dabei und stellten es auf dem kleinen Tisch ab.

»Hey, Süße. Wie geht es dir?« Zaghaft rüttelte Karin an meiner Schulter und wartete, bis ich mich aufsetzte.

»Beschissen« , schniefte ich verzweifelt und wischte mir über die verweinten Augen.

»Was ist denn passiert?« Vorsichtig setzten sie sich rechts und links von mir aufs Bett.

»Jonas ist ein verlogenes Arschloch, das ist passiert!« Unterbrochen von vielen Schluchzern, erzählte ich ihnen von meiner Begegnung mit Emily und ihrer Behauptung. Sie hörten aufmerksam zu, ohne mich zu unterbrechen. Als ich geendet hatte, schauten sie mich entsetzt an.

»Was sagt er dazu?« Mitleidig sah mich Chiara an und nahm mich in den Arm. »Hat er die Geschichte bestätigt, oder ist diese Emily so ein Mädchen, das auf ihn steht und aus Eifersucht so etwas behauptet?«

»Ich hab ihn nicht gefragt … und habe es auch nicht vor. Diese Emily trug einen Verlobungsring und hatte einige Bilder von sich und ihm auf dem Handy. Ich glaube nicht, dass sie lügt.« Traurig schnappte ich mir eines meiner Kissen und vergrub mein Gesicht darin. Mir war erneut zum Heulen zumute. Als sie mir die Fotos gezeigt hatte, war mir schon aufgefallen, dass Jonas darauf nicht gerade fröhlich aussah. Aber es waren immerhin Bilder von den beiden. Und der sicher nicht gerade billige Ring, den sie mir präsentiert hatte, sprach doch wohl Bände.

»Ich weiß, dass du gerade sehr sauer auf ihn bist, und glaube mir, das kann ich absolut nachvollziehen. Aber du solltest mit ihm reden und dir deine Version anhören.«

Wütend sah ich Karin an, als hätte sie vorgeschlagen, ich sollte Emily wie eine Göttin anbeten. »Nein, danke. Mit diesem Mann will ich nichts mehr zu tun haben! Ich bin schon genug verarscht worden. Nach Weihnachten bringe ich sein Geschenk zurück und hake das Ganze als weitere böse Erfahrung ab.« Entschlossen sah ich zwischen Karin und Chiara hin und her. »Tut mir leid, dass ich ihn euch vorgestellt und euch da mit hineingezogen habe.«

»Ach, Süße, das muss dir doch nicht leidtun! Wir sind immer für dich da, das weißt du doch. Aber du solltest jetzt etwas essen.« Demonstrativ hielt mir Karin ein Stück Baguette mit Seranoschinken vor die Nase.

»Na gut, aber nur, weil ihr sonst keine Ruhe gebt.«

Einundzwanzig – Jonas

Nur noch fünf Tage bis Weihnachten und noch nie war ich so gestresst gewesen. Ich war schon seit einigen Stunden auf den Beinen.

Zuerst hatte ich meinen Anwalt kontaktiert und mit ihm ein offizielles Schreiben aufgesetzt, mit dem ich die arrangierte Verlobung auflöste und meinen Rücktritt aus dem Familienbetrieb klarstellte. Zwar hatte ich beides schon vor einigen Tagen mündlich ohne Anwalt erledigt, jedoch hatte mein Vater stur so getan, als wäre nichts gewesen und hatte weiterhin die Hochzeit geplant. Auch dann noch, als ich Emily und ihrer Familie die Wahrheit gesagt und mich für die Verwirrungen entschuldigt hatte. Ihre Eltern hatten, im Gegensatz zu Emily, Verständnis für meine Situation gehabt, mich jedoch trotzdem höflich zum Gehen aufgefordert.

Damit mein Vater mir nicht erneut einen Strich durch die Rechnung machen konnte, hatte ich heute meinen Anwalt eingeschaltet. Danach hatte ich viel Zeit in Werbung für meine Bäckerei investiert. Dafür schrieb ich die Zeitung an, und schaltete Anzeigen auf Instagram, Facebook und Google und bereitete Plakate vor. Ich wollte diese Dinge zügig hinter mich bringen und mich anschließend mit Sarah treffen. Doch sie ging weder an ihr Handy, noch las sie meine Nachrichten.

Verdammt, was war da los? Da sie beim fünften Versuch noch immer nicht reagierte, zog ich mich an und machte mich auf den Weg zu ihrer Wohnung. Irgendetwas war nicht in Ordnung, und ich wollte wissen, was. Nervös klingelte ich Sturm. Hoffentlich war jemand zu Hause.

»Herrgott noch mal, ich komme ja schon!«, hörte ich Karins genervte Stimme, und kurz darauf öffnete sie die Tür.

»Ach, du bist es. Sarah ist nicht hier, und sie will dich auch nicht sehen.« Skeptisch musterte sie mich von oben bis unten, und ihre freundliche Art war deutlich aufgesetzt.

Verdammter Mist, ich hatte also doch etwas falsch gemacht!

»Hör mal, Karin, ich würde Sarah wirklich gerne sehen«, versuchte ich es daher noch mal, jedoch vergebens.

»Tut mir leid, aber sie ist tatsächlich nicht da. Und nach dieser Aktion kannst du es ihr wohl kaum verübeln, dass sie mit dir nichts mehr zu tun haben will. Es ist besser, wenn du jetzt gehst.«

»Welche Aktion denn bitte?", rief ich aufgebracht und verschränkte die Arme vor der Brust. Das war doch alles ein schlechter Witz! Bestimmt hatte mein Vater mal wieder seine Finger im Spiel, um sich an mir zu rächen.

»Das fragst du wirklich? Junge, du warst verlobt, als du dich an Sarah rangemacht hast. Glaub mir, kein Mädchen wie sie will die kurze Ablenkung für zwischendurch sein. Du hättest ehrlich zu Sarah sein sollen, dann hätte sie sich nicht ausgenutzt gefühlt.«

Wie vom Blitz getroffen, fuhr ich zusammen. Oh mein Gott, diese verdammte verlogene Zicke!

»Das ist so nicht gewesen! Ich wollte Emily nie heiraten, sondern mein Vater will das, und zwar schon seit fünfzehn Jahren. Sie war nie wichtig für mich, nur für meinen Vater, und das weiß Emily. Als ich gemerkt hab, was mir Sarah bedeutet, habe ich noch vor unserem ersten Kuss diese Verlobung beendet, nur scheinen das alle zu ignorieren. Ich liebe Sarah, nicht Emily.«

Karin schaute mich weiterhin ernst an.

»Das mag ja stimmen, Jonas, aber das hättest du Sarah von Anfang an sagen müssen. Ich weiß nicht, wie sich eine arrangierte Verlobung anfühlt, aber dennoch hättest du ehrlich sein können. Hätte Sarah das gewusst, hätte sie es sicherlich akzeptiert.«

Ich sah Karin flehentlich an. »Ich weiß, du kannst dich nicht für mich einsetzen, das würde Sarah nur als Verrat sehen. Aber bitte sag ihr, dass ich Heiligabend um achtzehn Uhr am Gänselieselbrunnen auf sie warten werde. Wenn sie kommt, werde ich ihr alles erklären. Wenn nicht, sehe ich das als endgültiges Aus zwischen uns an und werde Sarah zukünftig in Ruhe lassen.«

Mitleidig sah Karin mich an, und ich erkannte, dass sie die Situation jetzt besser verstand als vorher.

»Ich werde es ihr sagen, aber ich kann nichts versprechen.«

Dankbar nickte ich, bevor ich mich verabschiedete. Besorgt, dass Sarah meine Botschaft ignorieren und ich sie endgültig verlieren würde, und traurig zugleich ging ich in meine Wohnung zurück und ließ mich mit einer Flasche Wein aufs Sofa fallen.

Zweiundzwanzig – Sarah

Es war Heiligabend, der Tag, auf den ich so lange hingefiebert hatte. Und doch konnte ich mich nicht so sehr freuen wie in den Jahren zuvor. Jonas fehlte mir, und sein Verrat schmerzte noch immer. Karin hatte mir zwar gesagt, dass er hier aufgetaucht war und sich entschuldigt hatte. Doch davon wollte ich nichts hören.

Er war verlobt, verdammt noch mal! Hätte er mir das nicht sagen müssen? Welche Erklärung sollte das wieder gutmachen? Ich war nur froh, dass ich meinen Eltern nicht von ihm erzählt hatte, denn das wäre unangenehm geworden. Immerhin würde ich sie morgen wiedersehen, was ein wenig Abwechslung bedeuten würde.

Aber sollte ich mir meine Lieblingszeit wegen eines Kerls verderben lassen? Sollte ich seinetwegen den ganzen Tag im Bett liegen und vor mich hin trauern? Nein, garantiert nicht! Und ich würde heute ganz sicher nicht am Brunnen auftauchen, um mit zu reden.

Entschlossen kletterte ich aus meinem Bett und zwang mich zu meiner typischen Weihnachtslaune. Wie jedes Jahr gönnte ich mir ein ausgiebiges ungesundes Frühstück mit Nutella-Croissants und Kakao. Dazu liefen Weihnachtslieder, die ich mit Inbrunst mitsang. Mit jedem Song schmälerte sich meine schlechte Laune, die mich in den letzten Tagen von meiner Weihnachtsstimmung abgehalten hatte, und mit einem Mal gab es für mich kein Halt mehr.

Kaum hatte ich fertig gefrühstückt, rannte ich in den Keller, um meine Weihnachtsdeko erneut hervorzuholen und in meinem Zimmer zu verteilen. Da Karin und Chiara nachmittags durch die Innenstadt und über den Weihnachtsmarkt schlendern wollten, hatte ich die Wohnung einige Stunden für mich, und so entschied ich mich für einen entspannten weihnachtlichen Nachmittag.

Als ich fertig dekoriert und alle Geschenke eingepackt hatte, ging ich wieder in die Küche, um Weihnachtsplätzchen zu backen, bevor ich in die

Badewanne stieg und mir ein heißes Schaumbad gönnte. Vorsichtig ließ ich mich ins Wasser gleiten und genoss meine Schokopralinen. Dazu gab es ein Glas Sekt und viele Weihnachtslieder. Das perfekte Paradies für mich. Mein Körper entspannte sich, und der Stress der letzten Wochen fiel mir buchstäblich von der Seele. Bevor ich etwas dagegen machen konnte, fielen mir die Augen zu, bis mich heftiges Klopfen an der Tür gnadenlos aus meinem Traum riss.

»Sarah, du musst dich beeilen! Es ist schon fünf. Wir müssen gleich los, damit wir noch Sitzplätze bekommen!« Kaum hatte Karin das gesagt, war ich hellwach.

Seit zwei Jahren gingen wir zusammen an Heiligabend in die Kirche, um uns das Krippenspiel anzusehen. Wie hatte ich das nur vergessen können?

»Oh Gott, schon so spät? Ich wollte nur für ein paar Minuten in die Wanne, aber ich bin eingeschlafen.«

»Das kenne ich. Mach dich fertig, und dann können wir los.«

Schnell hievte ich mich aus der Badewanne, und in Rekordzeit war ich abgetrocknet und hatte meine Haare geföhnt. Ich zog meinen besten Pullover in Weinrot an, trug ein wenig Foundation, Eyeliner,

Mascara, Lipgloss und Rouge auf, und schon war ich fertig.

»Wow, wie hast du das denn in fünfzehn Minuten geschafft?« Bewundernd und erstaunt musterte mich Chiara von oben bis unten. »Das musst du mir echt mal beibringen!«

»Übung macht den Meister.« Grinsend legte ich meiner Freundin den Arm um die Schulter. »Aber klar, ich werde dir ein paar Tricks verraten.«

»Hey, Mädels, genug Kaffeekränzchen. Wir müssen los, wenn wir noch gute Plätze bekommen wollen!«, rief Karin dazwischen und hob demonstrativ unsere Mäntel hoch.

Lachend folgten Chiara und ich der Aufforderung, bevor wir uns gut gelaunt auf den Weg zur Kirche machten. Dort angekommen, mussten wir uns zuerst bei einer kleinen Schlange anstellen. Unsere Lieblingsplätze würden wir wohl nicht mehr bekommen, aber immerhin Sitzplätze. Es hat wieder zu schneien angefangen. In gespannter Erwartung sah ich mich um, konnte aber nicht verhindern, ein Gespräch zwischen zwei Männern zu belauschen, die vor uns standen.

»Hast du gehört, was bei den Winterbachs vorgefallen ist?«, fragte der ältere Mann mit Bart. »Ein Familiendrama vom Feinsten!«

»Ich weiß!«, stimmte der andere euphorisch mit ein. »Endlich hat der Bursche seinem Vater mal die Stirn geboten! Hoffentlich wird sein kleiner Bruder eines Tages auch aufwachen. Ich hab schon immer geahnt, dass Jonas mehr nach seiner Mutter und Großmutter kommt.«

»Allerdings«, stimmte der Bärtige mit knappen Nicken zu.

»Ich hab gehört, dass er seine arrangierte Verlobung mit Emily wegen eines anderen Mädchens beendet hat … eine Mitarbeiterin seines Vaters. Der alte Winterbach soll deswegen richtig ausgerastet sein.«

Ich schluckte heftig. Auch Chiara und Karin hatten aufgehört mit ihrer Unterhaltung.

»Natürlich ist er das. Vor allem, weil Jonas nun auch aus dem Familienunternehmen ausgestiegen ist und sich selbstständig machen will. Ich hoffe, dass er damit genug verdient, denn sein Vater wird ihn nun sicher enterben«, fügte der Jüngere hinzu.

Was sein Gesprächspartner erwiderte, hörte ich jedoch nicht mehr. Meine Welt schien auf einmal stehen geblieben zu sein, und alles, was ich vernahm, war ein Rauschen in meinen Ohren.

Stimmte das etwa? War Jonas nie freiwillig mit dieser Emily verlobt gewesen? Hatte er tatsächlich Karin die Wahrheit gesagt und sie nie geliebt? Die Erkenntnis schlug wie ein Blitz ein: Ich hatte wegen einer für Jonas bedeutungslosen Vereinbarung mein Glück aufs Spiel gesetzt.

Auf einmal wurde mir heiß und kalt zugleich, und mein Herz schlug mir bis zum Hals. Wie in Trance starrte ich auf den Boden und kämpfte gegen den Schwindel an.

»Worauf wartest du noch? Geh schon!«, riefen Chiara und Karin wie aus einem Mund und rissen mich damit aus meiner Trance. Sie hatten natürlich ebenfalls jedes Wort gehört und sie, im Gegensatz zu mir, zu einem Sinn geordnet. Ich umarmte beide kurz und sprintete los, um schnellstmöglich zum Gänselieselbrunnen zu kommen. Es war schon kurz vor sechs, und Karin hatte gesagt, dass er nur bis dahin auf mich warten würde. Ich nahm nichts mehr um mich herum wahr, weder die Kälte noch den Trubel um mich herum. Alles, was ich spürte, waren mein Herzschlag und die Angst, Jonas zu verpassen.

Dreiundzwanzig – Jonas

Die Uhr schlug sechs Mal, nur wenig lauter als mein Herz, das mir bis zum Hals klopfte. Es war also Punkt achtzehn Uhr. Unendlich traurig trat ich nach einem kleinen Eisklotz, der vor mir lag.

Vor einer halben Stunde hatte ich mich auf den Weg gemacht, in der Hoffnung, dass sie mir doch noch eine Chance geben würde. Vergeblich! Oder sollte ich doch noch eine Viertelstunde warten?

Traurig und erstaunt über meine Naivität, stand ich auf und ging Richtung Innenstadt. Die Kirchenglocken läuteten und stimmten fröhliche Familien auf Heiligabend und Weihnachten ein. Wie gerne hätte ich dort mit Sarah gesessen und händchenhaltend die Kinder beim Krippenspiel beobachtet.

Gerade, als ich um die Ecke biegen wollte, hörte ich hinter mir eine Frau schwer atmend rennen. Ich wollte es ignorieren, bis jemand laut meinen Namen rief: »Jonas! Warte doch!«

Abrupt blieb ich stehen. Konnte das wirklich sein? Vorsichtig, aus Angst, mich zu täuschen, drehte ich mich um. Tatsächlich, da stand sie vor mir. Ausgepowert und außer Atem, rot im Gesicht vor

Anstrengung und Kälte. Ihre Locken waren unter der Wollmütze verwuschelt, und ihr Anblick ließ mein verräterisches Herz höher schlagen. Gott, wie ich sie vermisst hatte.

»Sarah«, flüsterte ich und streckte vorsichtig meine Hand aus, wollte sie unbedingt berühren.

Sie holte ein paar Mal tief Atem und legte ihre Hand auf meine Arm.

»Jonas, es tut mir so leid! Ich dachte, du hättest mich belogen und ausgenutzt ... und deshalb wollte ich nichts mehr mit dir zu tun haben. Aber das stimmt nicht, oder? Du hast sie nie geliebt.«

Erleichtert darüber, dass sie verstanden hatte, zog ich sie in meine Arme. Ihr Duft nach Zimt, Kerzen und Kakao strömte mir in die Nase, und glücklich schloss ich die Augen.

»Ich hab dich vermisst, mein Engel« , flüsterte ich ihr ins Ohr.

»Ich dich auch. Jeden verdammten Tag, seit ich dachte, dass du mich verraten hast. Ich war verletzt und am Boden zerstört. Es tat weh. Vor allem, dass ich von Fremden erfahren musste, dass dein Vater dich gegen deinen Willen verheiraten wollte. Versprich mir, dass das nie wieder vorkommt! Dass du mir alles sagst und immer ehrlich bist. Denn diesen Schmerz ertrage ich kein zweites Mal.«

Entsetzt darüber, was ich ihr angetan hatte, löste ich mich vorsichtig von Sarah und fasste ihr unter das Kinn. Lächelnd sah ich ihr in die Augen, damit sie sah, dass ich jedes Wort ernst meinte.

»Es tut mir leid, dass ich dich verletzt habe. Das wollte ich nicht. Ich dachte, dass ich die Sache erst in Ruhe mit meiner Familie klären könnte und dir dann alles an Silvester erzählen würde. Ich verspreche dir, dass das nie wieder vorkommen wird und ich von jetzt an immer ehrlich zu dir sein werde.«

Strahlend fiel Sarah mir um den Hals und küsste mich stürmisch. Überglücklich zog ich sie an mich heran und erwiderte den Kuss. Die Zeit schien still zu stehen, und selbst den herabfallenden Schnee bemerkte ich nicht mehr. Meine Gefühle übermannten mich, und alles, was mich interessierte, war die Sache zwischen Sarah und mir. Ich würde sie nie wieder gehen lassen!

Danksagung

Vielen Dank an alle LeserInnen, die Sarah und Jonas durch ihre turbulente Vorweihnachtszeit begleitet haben. Ich hoffe, dass euch die kurze Reise nach Göttingen gefallen hat und würde mich über jegliche hilfreiche und faire Kritik freuen, natürlich aber auch über Lob.

Ein besonderer Dank geht an Constanze Kramer von Coverboutique, meine Coverdesignerin. Du hast meiner Geschichte ein tolles Outfit verpasst und warst für Vieles offen. Die Zusammenarbeit hat mir großen Spaß gemacht.

Ebenfalls dankbar bin ich meiner Lektorin Kornelia Schwaben-Beicht vom ABC-Lektorat. Deine zahlreichen Tipps und deine Verbesserungsvorschläge waren eine große Hilfe für mich. Du hast meinem Kurzroman mehr Leben eingehaucht.

Zuletzt möchte ich natürlich meinen Eltern und meiner Schwester danken, die immer für mich waren und mich so mögen, wie ich bin.